文艺通识丛书

张江 主编

胡经之 李健 著

中国古代文论要略

中国社会科学出版社

图书在版编目（CIP）数据

中国古代文论要略 / 胡经之，李健著 . —北京：中国社会科学出版社，2020.6（2022.6 重印）
（文艺通识丛书）
ISBN 978-7-5203-6462-1

Ⅰ.①中⋯　Ⅱ.①胡⋯②李⋯　Ⅲ.①中国文学—古代文论—研究　Ⅳ.①I206.2

中国版本图书馆 CIP 数据核字（2020）第 077410 号

出 版 人	赵剑英
责任编辑	张　潜
责任校对	王丽媛
责任印制	王　超

出　　版	中国社会科学出版社
社　　址	北京鼓楼西大街甲 158 号
邮　　编	100720
网　　址	http://www.csspw.cn
发 行 部	010-84083685
门 市 部	010-84029450
经　　销	新华书店及其他书店

印刷装订	北京君升印刷有限公司
版　　次	2020 年 6 月第 1 版
印　　次	2022 年 6 月第 2 次印刷

开　　本	880×1230　1/32
印　　张	6.375
字　　数	123 千字
定　　价	45.00 元

凡购买中国社会科学出版社图书，如有质量问题请与本社营销中心联系调换
电话：010-84083683
版权所有　侵权必究

总 序
让文艺知识走进千家万户

组织这套"文艺通识丛书"的目的，是让文学知识走出专业研究的殿堂，来到人民大众之中。习近平总书记《在文艺工作座谈会上的讲话》指出："社会主义的文艺，从本质上讲，就是人民的文艺。"人民大众需要文艺，也需要关于文艺的知识。

在工作之余，可读读小说，看看电影、戏剧，也可背古诗、听朗诵、看展览，欣赏歌曲、练书法，参加各种艺术体验活动。在生活中，文学艺术无处不在。但是，爱好文艺，并不等于就懂得文艺。古今上下几千年，东西南北几万里，积累了大量关于文艺的知识，这是人类文明的重要成果。学习这些知识，是理解沉积在作品之中的意蕴，提高审美水平的重要途径。然而，专家的著述难懂，所讲的知识隐藏在繁杂的论证之中，所用的语言艰涩并时时夹杂许多专门术语，还涉及众多人名、地名和陌生的历史史实，使一般民众难以接受。专业学界与人民大众之间的藩篱亟需推倒，高冷的文学学术与民众的文艺热情之间的鸿沟之上必须架起桥梁。想提高文艺鉴赏水平，还是要听听专家们怎么说，但专家也要说得让大众听得懂。

时代在改变，新的时代，新的经济生活方式，新的技术条件，也促使人民大众的文艺生活发生着深刻的变化。文学艺术遇到了新情况，应该怎么办？一些西方学者提出了"文学的终结"和"艺术的终结"的观点。这种"终结观"，实际上反映的是文艺与审美的关系，文艺与作为其载体的媒体间关系，以及文艺与所反映的观念间关系这三重关系的变化。因此，文艺要适应新情况，理解文艺也需要新的知识。让人民大众掌握关于文艺的知识，让人民大众了解当代文艺的新情况，这一任务的必要性，在当下显得越来越迫切。

用通俗易懂的语言，讲文艺知识。将专家研究成果的结晶，化为人民大众的文艺常识，这种工作其实并不容易。要做到举重若轻，通俗而不浅薄，前沿而不浮躁，深刻而不晦涩，是非常难的一件事。我们组织这套书的原则是，请大家写小书。我们所邀请的作者，都是学术界相关领域的著名学者。他们学养深厚，对学科的来龙去脉有深入的了解，同时，在学术上，既能进得去，又能出得来。我们的目的是，用人民大众看得懂的语言，搭起一座座从专业学术通向人民大众之间的桥梁。

总序　让文艺知识走进千家万户

这套丛书的读者定位，是广大的干部群众，文学艺术的爱好者，非文学艺术专业的各行各业的从业者，以及文学艺术专业的初学者。这是一个范围广大的群体。当然，这套书不是教材，不像教材那样板着面孔，用语端庄，体例严谨，要求读者端坐在书桌前仔细研读。我们希望这套书能语言活泼，生动而有趣味性，像床头读物一样，使读者在轻松的阅读中，获得有关文艺的知识。

发展"人民的文艺"，就要使文学知识走向大众。实现国家富强、人民幸福的中国梦，需要文化繁荣，需要普及文艺知识。让更多的人爱好文艺，了解文艺，让文艺知识走进千家万户，这是我们组织这套书的初衷。

张　江
2018 年 8 月

目　录

第一章　中国古代文论浅说 ………………………（1）

第二章　诗言志：诗在志向 ………………………（19）

第三章　诗缘情：诗在情感 ………………………（34）

第四章　赋、比、兴：法度准则 …………………（46）

第五章　感物：创造之源 …………………………（61）

第六章　神思：心游万仞 …………………………（77）

第七章　应感：来去无止 …………………………（91）

第八章　物化：超越心灵 …………………………（102）

第九章　风骨：风清骨静 …………………………（115）

第十章　言意：语言艺术 …………………………（132）

第十一章　趣味：味中蕴味 ………………………（150）

第十二章　意境：审美至境 ………………………（164）

第十三章　知人论世与以意逆志 …………………（183）

第一章　中国古代文论浅说

中国古代文论，顾名思义，就是中国古代的文学理论，它是在中国古代漫长的历史中随着文学的发展逐渐产生并完善的。中国古代原本没有"文学理论"这一概念，但是，却有"诗学"概念①，即便"诗学"概念也与西方的诗学有很大的不同。中国古代的"诗学"是指具体的诗歌（包括词、曲）理论。我们在这里所说的"文学理论"是借用西方的学科概念。由于中国古代的学科分类是大类别的四部，即经、史、子、集，没有专门的文学、文学理论，因此，中国古代的学术基本是杂学术，文、史、哲连为一体，既没有专门的文学理论家，也鲜有专门的文学理论著作，所谓的文学理论家大都是文学家、哲学家、历史学家等共兼的，而文学理论的诸多观念都

---

① "诗学"这一概念明确见载于杨载《诗法家数》，其论赋、比、兴云："此诗学之正源，法度之准则。"见何文焕辑《历代诗话》，中华书局1981年版，第727页。

涵括在文学、历史、哲学等典籍之中。中国古代的文学理论包括作品论、创作论、作家论、批评论、鉴赏论等内容，是中国古代关于文学本质特征、文学创作、作家、批评、鉴赏等相关问题的最基本的理论。

一　中国古代文论的产生

中国古代文论产生于先秦时期，是随着诗的产生而产生的。诗产生后，关于诗的认识也相应地产生了。在先秦，"诗"不是一个一般的文体概念，它有特定的所指，特指《诗三百》，也就是我们今天所说的《诗经》。"诗"是附属于"乐"的，是"乐"的组成部分。也就是说，"诗"是配乐演唱的，每一首诗都有固定的曲谱，只是因为时代久远，曲谱不传，乐词独存，这就成了人们今天读到的《诗经》文本。"诗乐一体"在先秦典籍中有明确的记载，《左传·襄公二十九年》记述了吴公子札观乐的史实，观乐的内容就是对《诗经》的演绎。由于"诗乐一体"，奠定了中国古代诗歌注重抒情、注重韵律的音乐品性。这一品性，对中国古代文学特性的形成产生重大影响。

中国古代文论的发生源头不在于文学，而在于乐。这一点，《左传》的记载相当清晰。例如，《左传·襄公四年》关

第一章 中国古代文论浅说

于"歌《文王》之三""歌《鹿鸣》之三"的记载,就宣扬的是"先君之礼,藉之以乐"的观念。先秦时期,产生了不少专门论述乐的著作,如《荀子·乐论》《礼记·乐记》《吕氏春秋》等,另有很多关于乐的只言片语保留在当时的诸子、历史等著作中,涉及乐的发生、乐的本质、乐的伦理道德教化等内容。在遥远的先秦时期,乐的讨论呈压倒一切文学艺术类型之势。诗既然是乐的组成部分,诗的理论理所当然地含括在乐的理论里面。后来,由于诗、乐分家,诗成为一种独立的艺术门类,对诗的批评逐渐独立。在此之后,随着文学文体的不断完善,文学理论开始自觉地关注由各种文体构成的语言形式,发掘文学的本质特征,探讨文学创作和批评等相关问题。

先秦时期,关于乐的认识有两种截然不同的观点。一种认为,"乐者,通伦理者也。是故知声而不知音者,禽兽是也。知音而不知乐者,众庶是也。惟君子能为知乐"(《礼记·乐记》)。乐能教化人民,使之明好恶,知礼节。"暴民不作,诸侯宾服,兵革不试,五刑不用,百姓无患,天子不怒,如此则乐达矣"(《礼记·乐记》)。也就是说,乐能传播政治、伦理、道德,进行政治、伦理、道德教化。另一种观点认为,正是因为乐有娱乐的功能,它诱使人堕落,妨碍劳动生产,因此,乐的存在是有害的。这就是墨子、荀子之所以提出"非乐"的原因。从这两种截然不同的意见中,人们可以看出,当时对乐的认识是复杂的。乐能够迎合不同主体的实用需要,能够娱人心性,泄导感情。这两种观点,一种着眼于乐的内在修养价值,另一种着眼于乐的外在扰乱作用,着眼点不一样,判断的标准也不一样,自然得出的结论也不同。尽管如此,这两种观点都看到了乐的表情特征,看到了乐具有强烈的情感打动力量。这种观念同样适合诗。因此,《礼记·经解》在阐发诗教的观念时就与乐教的观念是相通的。

在先秦众多的乐论之中,有一种观念论及音乐的发生,涉及所有文学艺术包括诗发生的最根本问题,那就是《礼记·乐记》所提出的"感物"观念。所谓"感物",呈现的是外在事物与人心的相互感发关系,外在事物能够引发艺术创造的冲动,促使人们创造出音乐这一美妙的艺术。"物"对人的情感具有兴发感动的作用,同时也成为寄寓人情感的对象。《礼记·乐记》云:

> 乐者,音之所由生也;其本在人心之感于物也。是故其哀心感者,其声噍以杀;其乐心感者,其声啴以缓;其喜心感者,其声发以散;其怒心感者,其声粗以厉;其敬心感者,其声直以廉;其爱心感者,其声和以柔。六者非性也,感于物而后动。

第一章　中国古代文论浅说

人的七情六欲都可以借助于乐表达出来，乐是宣泄情感的一种完美形式。乐的最终目的是实现"和"。"和"即心与物的和谐，礼与法的和谐，君与臣的和谐。"和"作为中国古代美学和古代文论的一个重要范畴，由此诞生，它的丰富的内涵奠定了中国古代文论、美学的基础，成为我们今天仍然必须借鉴的一个重要的观念。

《荀子·乐论》的思想意旨大致与《礼记·乐记》相当，它虽然没有说乐的产生是"感物"的结果，但是，也强调乐的兴发感动力量，进而肯定乐对人们的教化意义。"夫声乐之入人也深，其化人也速，故先王谨为之文。乐中平则民和而不流，乐肃庄则民齐而不乱。民和齐则兵劲城固，敌国不敢婴也。"乐有一种团结协作的精神力量。这种精神力量又能迅速促成物质力量的转化，荀子把它看成强兵之基，强国之本，无限夸大了乐的价值。然而，荀子"钟鼓道志"的思想却是先秦"言志"观念的一个重要组成部分，在一定程度上推动了"言志"思想的完善和深入。

被朱自清称之为中国诗论"开山纲领"的"诗言志"观念，是《左传》中最早提出来的诗学观念。[①] 它首先是一个乐的观念。既然先秦时期的诗是乐的组成部分，诗与乐是难以分

---

① 参见朱自清《诗言志辨》序，华东师范大学出版社1996年版。

开的,乐包含着诗,诗就是乐。朱自清精辟地指出:"在《左传》襄公二十七年也有'诗以言志'的话。那是说'赋诗'的,而赋诗是合乐的,也是诗乐不分家。"[①] "诗以言志"和《礼记·乐记》《荀子·乐论》的"钟鼓道志""反情以和其志"应有同样的内涵。现代人们今天所秉承的文学观念以及其他艺术门类的观念,都是从古代的乐的观念中分化出来。因此,中国古代文论产生于先秦的诗乐观念。无论是对乐的认识还是诗的认识都是对文学的认识,后来诸多的文学理论与批评理论都是从此衍生的。

二　中国古代文论的形态

先秦时期的文论散落于文学、历史、诸子等典籍,大都零散,不成系统。可是,就是这些零散、不成系统的论说,却诞生了很多重要的文学观念,如"诗言志""兴观群怨""虚静""物化""知人论世""以意逆志"等观念,对后世的文学创作和批评产生重大的影响。汉代以后,随着文学观念的觉醒,文学创作进入文人化的新时代,更多的文人参与到文学创作之中,无形中推动新的文学体裁的产生,文论也趋向专门

[①] 朱自清:《诗言志辨》,华东师范大学出版社1996年版,第1页。

化，乃至出现了很多代表性的文论家，也产生很多专门化的文论著作。汉代的《毛诗序》（《关雎》题下的长序，又称《诗大序》）就是最早的专门化的诗学论著。这篇文章论述并提出了一系列问题，如"言志""六义""教化"等，其中不少是原创性问题，在中国古代文论史上具有崇高的地位。整个汉代，围绕《诗经》、楚辞以及汉赋，探讨了很多观念。中国古代文论逐渐步入正轨。

中国古代文论的形态应该从两个方面来说，一是言说形式，二是理论形态。

先说言说形式。这里所谓的言说形式是指中国古代文论的理论形式，具体表现为中国古代文论的存在形式。相比于西方文学理论，中国古代文论的言说形式是松散的、不成系统的。这是因为中国古代文史哲不分，没有明晰的学科概念，也没有今天相对完整的文学观念。古代学人都是将许许多多不同学科、不同层次的问题放在一起笼统言说的，既不纯粹，又不太讲究逻辑。就像朱光潜先生在《诗论》中所说的那样："中国向来只有诗话而无诗学，刘彦和的《文心雕龙》条理虽缜密，所谈的不限于诗。诗话大半是偶感随笔，信手拈来，片言中肯，简练亲切，是其所长；但是它的短处是凌乱琐碎，不成系统，有时偏重主观，有时过信传统，缺乏科学的精神和方法。"① 朱先生说的虽然是事实,但是,也要指出朱先生的话也有不恰当的地方。什么是"只有诗话而无诗学"?单从古代文论家的个人表现来看,确实如朱先生所说,中国古代鲜有纯粹的文学理论家(诗学家),也鲜有系统的文学理论(诗学)著作。所谓的文学理论家(诗学家)都是经学家、文学家、哲学家、史学家、小学家等共兼的,而很多文学理论观念则散见于经学、哲学、文学、历史、小学等著作之中。这种情形完全是中国文化的特性所造就的。作为中国古代文论存在的一种重要形式——诗话,确实凌乱琐碎,不成系统,但是,如果将中国古代文论(诗学)作为一个整体来看,却有自己的系统,只不过,这个系统是由无数的经学家、文学家、哲学家、史学家、小学家等共同构筑而成的。应该说,中国古代不仅有诗话,也有诗学。而中国诗学的系统需要从众多诗话、词话、曲话和其他谈艺说文的著述中概括、总结。

中国古代文论的言说形式还有一个非常突出的特点,那就是直观会意。很多理论观念的推演不是靠强有力的逻辑,而是靠直观。古人通过自己的文学创作和批评实践,直观到某一问题的存在,在言说这一观念时,往往通过形象比譬的方法表达

---

① 朱光潜:《诗论》,生活·读书·新知三联书店1998年版,"抗战版序"第1页。

第一章　中国古代文论浅说

出自己的感受，通常情况下，没有细致的推理过程。如钟嵘评曹植："其源出于《国风》。骨气奇高，辞采华茂，情兼雅怨，体被文质，粲溢古今，卓尔不群。嗟乎！陈思之于文章也，譬人伦之有周、孔，鳞羽之有龙凤，音乐之有琴笙，女工之有黼黻。"①（《诗品》卷上）说曹植的诗歌与《国风》有渊源关系，应当拿出证据。可是钟嵘没有。他评说曹植的诗风也不做细致展开，言说曹植的文学史地位是通过打比方的方式来完成的。这是古人的典型做法！然而，钟嵘对曹植诗歌艺术和美学的直观非常准确，他对曹植的评价，后来的很多文学理论和文学史研究者都在给他提供证据。这说明，古人内在是有自己的一套逻辑的，这样说或那样说，都有自己的内在依据。只不过，这个逻辑的推演过程被省略了。这也是由中国文化的特性所决定的。中国古代文论的言说方式有自己的特点，也有自己的优长，因为文学创作和批评的很多问题都关乎作家和批评家自身的素质，与作家和批评家的天赋联系在一起，很多情况是不能够理性言说的，只能靠直观意会。

再说理论形态。中国古代文论的基本理论几乎都是用范畴来言说的，范畴是中国古代文论的理论筋骨。

---

① （南朝）钟嵘：《诗品注》，陈延杰注，人民文学出版社1961年版，第20页。

范畴是一个哲学概念，它是人们反映客观事物普遍本质和规律必须依赖的。作为一个外来的概念，它具有西方意义上的科学含义，内蕴着逻辑层次的严整和内涵的相对恒定。然而，用来言说中国古代文论是否恰当？需要辨析。如我们上文所说，中国古代文论形式松散，不成系统，诗话、词话等又凌乱琐碎，具体言说又追求直观会意，如何用范畴来言说？这好像存在矛盾。其实，中国古代文论并非整体散乱，不成系统，在整体上还是有严谨的逻辑的。这种个别和整体的差异只能通过范畴来弥补，用范畴来完成理论的言说最符合中国古代文论的实际。然而，人们还不能忽略另一种情形，即中国古代文论范畴和西方诗学范畴具有天然的不可通约性。这在学人中间并没有形成共识。有人喜欢将中国古代文论的范畴硬套西方的诗学范畴，或将西方的诗学范畴硬套中国古代文论的范畴，如"神思"之于想象，"应感"之于灵感，认为它们之间是等同的、可以替代的关系，这种做法是极不妥当的。尽管它们都是文学理论范畴，但是，由于它们的哲学基础不一样，内涵的差异很大。这是不同民族文化和思维方式使然。这种不可通约性虽然无法弥纶，但是，也并不意味中西文学理论失去对话的可能性。

实际上，当我们将这个外来的"范畴"术语用以言说中国古代文论时，其内涵也发生了变化，这是贴近中国古代文论

第一章 中国古代文论浅说

的结果。中国古代文论的范畴不可能等同于西方诗学的范畴，虽然它也秉承了对事物普遍本质的概括，但是又基本上失去了西方意义上对逻辑层次和内涵的限定，被赋予了中国传统的逻辑内容。范畴的视野由窄至宽，尽管它也受学科内容的限制，但是这种限制已经丧失了西方科学的谨严，表现得相对灵活、宽泛。这是中国古代思维的特点所致。基于中国古代思维的这种特点，有学者在研究中国古代美学时指出，中国古代美学是"建范畴立理论"，"意谓美学体系仅需范畴的勾勒就足以完成，范畴就是理论的筋骨"。[①] 这种见解同样适用于中国古代文论，因为，中国古代文论与中国古代美学是一个问题的两个方面，它们之间几乎是无法拆分的。我们也说，中国古代文论是范畴文论，离开范畴，中国古代文论便无从说起。如，言志、缘情、文道之于文学的本质，神思、比兴、妙悟、应感、虚静、物化之于艺术思维，知音、知人论世、以意逆志之于文学鉴赏与审美接受，风骨、意境之于文学的美学品格，文气、文德之于作家批评，意象、言意、形神之于文学形象的塑造，诸如此类。随意拈起中国古代文论的一个理论问题，如果抛开范畴，简直无可置喙。范畴成为阐释理论的必要工具，对范畴的阐释其实就是对理论的阐释。中国古代文论以范畴的形式出

[①] 程琦琳：《中国美学是范畴美学》，《学术月刊》1992年第3期。

现，并且随范畴的演进不断完善，从"诗言志"到"诗缘情"，从"象"到"象外之象"，表现得如此清晰。这说明，中国古代文论的范畴并不是僵化的，它是随着文学的发展而发展的，在发展的过程中不断完善，显示出旺盛的生命力。

三　中国古代文论的价值

中国古代文论是古人对文学创作和批评的理论总结，数千年来，一直指导并推动着中国古代文学创作与批评的开展，成就了中国文学的辉煌，在世界文学史上写下了灿烂的一页。我们为我们祖先的《诗经》、楚辞、汉赋、唐诗、宋词、元曲和明清小说自豪，惊叹这些不同类型的文学作品所表现出来的美妙情思和精神力量。试想，如果没有中国古代文论，中华民族的文学传统会一代一代地延续下去吗？中国文学会表现出如此旺盛的生命力吗？这种理论自有它的精髓所在。这种理论的精髓是什么？这正是今天人们应着力发掘和思索的。文学虽有古今之别，但是，文学理论却是古今相通的，古代的理论对今天的文学创作与批评仍然会发挥作用。正是在这个意义上，中国古代文论才有价值。

中国古代文论无论是从理论内涵还是从理论表述上说都有独特之处。它的范畴具有准体系特征，这是与它采用感悟的经验性表达有着密切关联的，运用最为形象而精练的语言，表达最为丰富的思想。而这正是当今中国文学理论最为缺乏的。当今中国的文学理论，欧美话语是权力话语，无论体系还是具体范畴，基本是欧美的，缺乏原创性，更缺少民族性。长期以来，用西方的理论模式和话语形式来研究中国古代文论，导致对理论范畴的研究不够深入，误解良多。因此，目前的当务之急是，全面、准确而有创造性地清理中国古代文论，并将之切实运用到中国当代文学理论话语体系的建构之中，只有这样，中国古代文论才能显现它的当代价值。

如何全面、准确而有创造性地清理中国古代文论？我们认为，最为关键的是，选择一些鲜活的、至今仍有理论价值的范畴重点清理。在充分尊重这些范畴的本原意义的基础上，结合当今文学理论的发展进行重新阐释，赋予其当代意义。在中国现代文学理论和美学的发展史上，曾经有过成功的案例。例如，"意境"范畴的复活，就是以王国维和宗白华为代表的文学理论家和美学家对之进行现代阐释的结果。王国维运用现代观念来阐释"境界说"，将境界区分为"有我之境"和"无我之境"、"造境"和"写境"、"大境"和"小境"、"隔"和"不隔"等类型（见王国维《人间词话》），并经验性地阐释"境界"的意义，赋予其新的理论内涵，为"意境"的现代化奠定了坚实的基础。宗白华将"意境"置于当下的语境中，分析了"意境"

的"化实景而为虚境,创形象以为象征"的特征,这就是他对旧文化的态度,即"以同情的了解给予新的评价",将意境的现代化推进了一大步。① 当今,"意境"作为一个鲜活的范畴活跃在文学理论和美学领域,是中国古代文论和美学对世界的一大贡献。由此可见,中国古代文论范畴并非全部僵死,其中很多应具有当代价值,可以进入当代文学理论的话语体系之中。

中国古代文论的当代价值首先表现在,它的理论内涵与当下的文学理论能够形成对接,并直接成为中国当代文学理论的组成部分。

长期以来,学界对中国古代文论的认识一直存在这么一些误区:首先,是过时论。不少学者认为,中国古代文论的理论内容已经过时,不能适应当今文学创作和批评发展的实际,没有价值,应该抛弃。这是一种极端认识。还有一种观念认为,中国古代文论虽然已经过时,但是,可以作为一种传统文化来研究,是为了增强中国传统文化的涵养,不是为了用。② 其次,更有甚者,有学者认为中国古代根本就不存在什么文学理论。既然中国古代没有文学理论,而当代又需要,只好到西方去寻找,因此,全面引进西方文学理论就成为必然。

---

① 参见宗白华《中国艺术意境之诞生》,《美学散步》,上海人民出版社2002年版,第68—70页。
② 参见罗宗强《古文论研究杂识》,《文艺研究》1999年第3期。

第一章 中国古代文论浅说

受这些思想与观念的影响,不少学者在研究中国古代文论时,不能正确认识这些理论范畴的价值,或者仅看到它的局限性,或者将它归属于西方文学理论某一范畴的门下,以为它只能是西方的发明。诚然,中国古代文论所讨论的内容都具有特定的历史性,也具有具体的理论针对性。随着文学的发展,文学理论也会发生相应的变化。然而,文学有它的真理性,文学的真理性并不会随着历史的发展而湮灭。因此,文学理论的真理性也是不言而喻的。如"诗言志"和"诗缘情",这是中国古代对文学本质的双重认识,在今天仍有价值。不能说,当今社会已经进入现代或后现代社会,文学的本质就消失了。文学就不需要表达情感、展示理想和志向了。而当今文坛,确实有很多人这么说,也这么做。致使当今的文学创作,充斥着大量无聊游戏的内容,注重低品质的娱乐,从而导致中国当代文学创作面临着严重的危机,其中最为直接的原因就是,中国现代文学抛弃了"言志""抒情"的传统,抛弃了文学的本质,从而,也抛弃了文学的责任,最终抛弃了作家和诗人的责任。早在 20 世纪 90 年代,著名新诗批评家孙绍振就曾经义愤填膺地批评后新诗潮的诗歌创作,将他们贬低为"艺术的败家子",斥责他们抛弃了诗歌的本质,将会受到历史的嘲笑。[①] 因此,

---

① 参见孙绍振《向艺术的败家子发出警告》,《星星》1997 年第 8 期。

重塑文学本质论，中国古代的"诗言志""诗缘情"是人们不能不汲取的有价值的理论资源。

其次，中国古代文论的经验性表述具有极强的操作性，能够矫正现代文学理论过分抽象而不切实际的弊端，指导当下的文学创作与文学批评。

对中国当下的文学理论，人们有一个总体的印象：表述过于抽象、玄虚，不切实际。理论家们经常拿一些自己并没有完全理解、也不成熟的西方术语来论说问题，乃至离当下的文学创作与批评实际很远，引起作家和读者的反感。理论虽然灰色，但是，不能无边无际。真正有价值的理论，应该解决具体问题，使人理解，给人启发。这一点，中国古代文论做出了榜样。中国古代文论都是针对具体的现象的，很少空泛地发表议论。言辞简洁，点到为止。比如，陆机对"应感"理论的认识，其实就是他创作体验的升华。他认识到，文思会突然到来或突然消逝，"来不可遏，去不可止"，人力无法控制。对这种现象，他百思不得其解，"未识夫开塞之所由"。然而，人们从陆机的困惑当中，还是得出了一些答案："应感"现象与中国传统非常看重的神秘的感应有关联，是人与自然、社会自由感发的现象。当今，这种现象依然存在，依然神秘，我们还不能完全揭开作家在创作过程中所产生的感应的奥秘，但是，我们却能够理解这种创造现象所具有的理论价值。今天看来，

第一章 中国古代文论浅说

正是因为应感是一种经验性的范畴，说不清道不白，它的理论价值才不可低估。创作过程本身就是神秘的，是不能运用定量分析的科学手段进行论证的，而只能靠感悟。

再次，中国当代文学理论可以尝试运用中国古代文论去解释、说明问题。对中国古代文论的创造性的运用，有利于弘扬中国的文化传统，从而建立起具有民族特色的当代文学理论。

创造性地运用中国古代文论，其前提是对古代文论范畴进行创造性的阐释。中国古代文论范畴非常复杂，同一范畴，在不同时代出现，其理论内涵差别很大。因此，对中国古代文论范畴的研究，应首先发掘其在不同时代的意义变化，揭示范畴意义演化的轨迹；然后，再考虑对其意义的取舍问题。因此，当今对古代文论范畴意义的选取，不能够全部照搬，应该采取"古为今用"的立场，即选取那些至今仍有理论价值的部分意义，进行现代性的阐释，并且力所能及地将其运用于当下文学理论与创作批评。

例如，"比兴"就是一个意义极其丰厚而在当下又具有价值的范畴，其意义的丰富性和复杂性超过任何一个范畴。先秦有"六诗"（风、赋、比、兴、雅、颂）之说，比、兴为其二，那么，"六诗"究竟是乐歌的种类还是教诗的方法，不得而知。到汉代，比、兴被视为诗歌创作的两种方法。后来，人们一直沿着这一思路进行研究，内涵不断扩大。然而，即使将之作为创作的两种方法,不同时代的看法也不一致。有人认为比是比喻[(东汉)郑众],兴是起兴[(南朝)刘勰];有人认为,比是"因物寓志",兴是"言有尽而意有余"[(南朝)钟嵘];还有人认为,兴是发兴、感兴,是"感发志意"[(南宋)朱熹]等。其中最为典型的是,刘勰将比、兴合在一起,探讨了"比兴"的意义,尽管在论述的过程中仍然是比、兴分说,但是,毕竟传递出一种信息。比、兴的意义相近,它们可以组成一个范畴。当"比兴"成为一个范畴时,就不是单纯的创作方法问题了,实际已是一种思维方式。这种思维方式所具有的想象、象征、隐喻等特征,完全能够融入当代的文学理论,在建设具有民族特色的文学理论话语体系中发挥重要作用。

中国古代文论是中国古代文学理论家们经过长期思索、研究逐步提炼而成的。很多理论虽然具有历史局限性,在当今仍然具有价值。我们要建构具有民族特色的当代文学理论话语体系,仅仅从西方拿来,不是上上之策。西方文学理论话语可以成为中国当代文学理论的参照,但是不应成为中国当代文学理论的主宰。更重要的是,应从中国古代文论中去寻找理论的生长点,改造中国古代文论的范畴,切实将之运用到中国当代文学理论的建设之中。只有这样,才能建造起具有民族特色的文学理论大厦。

第二章　诗言志：诗在志向

"诗言志"被称为中国诗论的开山纲领（朱自清语），不仅因为它产生早，更因为它抓住了诗的根本，对后世影响深远。"诗言志"产生于文学观念尚处于混沌阶段的先秦时期。那时，没有明确的史学、经学、文学等学科分类，甚至连"诗"的意义都还没有界定清楚。先秦时期的"诗"并不是指作为一种文学文体的诗，而是特指人们今天所说的《诗经》，那时，还不叫《诗经》，而叫《诗》或《诗三百》。那么，问题就来了：其一，既然"诗"不是一种文体，而特指《诗三百》，那么，"诗"的本义是什么？其二，既然"诗"特指《诗三百》，那么，"诗言志"就是说《诗三百》表达"志"，"志"的本义又是什么？"诗"与"志"之间到底是一种什么关系？其三，"诗言志"在诗作为一种文体生成之后是否具有普遍的意义？有没有资格成为中国古代诗论（文论）的纲领？这些，都是我们认识"诗言志"必须考虑的。

完整记载"诗言志"这一观念的是《今文尚书·尧典》。有专家考证，《今文尚书》与《古文尚书》一样，也是伪书。否定了《今文尚书》的真实性存在，是否意谓"诗言志"观念不可信？其实，在先秦，"言志"观念被屡屡阐发。《左传》作为可信的先秦典籍，就不只一次谈论过"言志"话题。《左传·襄公二十七年》记载郑伯宴请赵孟的史实，就曾经说过"诗以言志"。从言说的语境判断，"诗以言志"应从两方面理解：一是赋诗言志；二是听诗观志。两者都是借助于《诗三百》这一文本来实现的。这是先秦用诗的普遍做法。

一 "诗"与"志"的本义

研究发现，"诗"字的出现大概在西周时期。《诗经》中共出现了三个"诗"字，分别见于《小雅·巷伯》《大雅·卷阿》和《大雅·崧高》，但是，《诗经》里已经多次出现与"作诗"有关的字眼。朱自清先生作了一个统计。他说："至于《诗经》中十二次说到作诗，六次用'歌'字，三次用'诵'字，只有三次用'诗'字，那或是因为'诗以声为用'的原故；《诗经》所录原来全是乐歌，乐歌重在歌诵，所以多

第二章 诗言志：诗在志向

称'歌''诵'。"① 以此可以意推，在《诗经》之前已经存在诗的形式，而"诗"字虽没有出现，必定有一个与其相近的字代替它，而这个字的本义即是诗。为此，叶舒宪经过精心研究，从杨树达关于"诗"字的释义中受到启发，得出结论："'志'当是'㞢'，与'寺'之同意假借，'㞢'和'寺'才是构成'诗'概念的核心和主体。或者说'寺'是'诗'概念形成之前最接近它的概念。"②

杨树达从许慎的《说文解字》出发释诗："盖《诗》以言志为古人通义，故造文者之制字也，即以言志为文。其以㞢为志，或以寺为志，音同假借耳。"③ 这里运用的是后出的文献，以此来证明诗的本义有效性并不大，疑问很多。但是，从另一方面也说明，后人在造"诗"字时，是充分考虑到诗字的表意特点的，将它看作人的志意表达的一种形式。故而，许慎《说文》云："诗，志也。从言，寺声。"其实，这并不是许慎的发明，只不过是他总结归纳文字的发展演变而得出的结论。

既然诗和寺、志相通，那么"诗言志"可能就是"诗言寺"的深化。"诗言寺"言述的诗字的造字方法，依据中国远

---

① 朱自清：《诗言志辨》，华东师范大学出版社1996年版，第13页。
② 叶舒宪：《诗经的文化阐释》，湖北人民出版社1998年版，第137页。
③ 杨树达：《释诗》，《积微居小学金石论丛》（增订本），中华书局1983年版，第26页。

古文化的发展和文字创造的表意特征，诗乃是寺人之言。叶舒宪通过运用三重例证法对寺进行了破解，他指出："汉语中'诗'的概念与'谣'、'歌'等有不同来源。它最初并非泛指有韵之文体，而是专指祭政合一时代主祭者所歌所诵之'言'，即用于礼义的颂祷之词也！"[①] 但是，我们也要注意这个事实：既然人们已经改造了"言寺"为"言志"，除因为寺、志相通而外，恐怕还有一个用诗的考虑，那就是为了充分发挥诗的礼义教化功能。"言志"在不违背诗之本旨的状况下又能明确诗的功能，最终成为一个响亮的口号亦属必然。

明确了"诗"的意义，而"志"的意义是什么？前文我们引述了杨树达先生的观点，志与㞢、寺为同音假借。志的古写是"㞢"。《说文》云："志，意也，从心，之声。""之"亦即古写"㞢"。在甲骨文和金文中，不见"志"字出现，只有"㞢"字代替。"志"字出现的时代恐怕"诗"字也出现了，两个字已不是相互替代的假借词，读音也渐趋分别。以此推测，"诗""志"出现以后的"诗言志"与"诗言寺"的意义已有了根本的不同。

闻一多于"志"特别留意。他说："志有三个意义：一记忆，二记录，三怀抱，这三个意义正代表诗的发展途径上三个

[①] 叶舒宪：《诗经的文化阐释》，湖北人民出版社1998年版，第158页。

主要阶段。"又说:"志从㞢从心,本义是停止在心上。停在心上亦可说是藏在心里,故《荀子·解蔽篇》曰'志也者臧(藏)也',《注》曰'在心为志',正谓藏在心,《诗序》疏曰'蕴藏在心谓之为志',最为确诂。藏在心即记忆,故志又训记。"① 非常可贵的是,闻一多将"志"看作是人心的产物,是"停在心上"或"藏在心里"的人的情感和意识活动。这便回应了《说文解字》的"志,意也"的释义,也为我们更好地解开"志"之奥秘提供了一把钥匙。

二 "志"是志向

"诗"与"志"的本义充分展示,"诗言志"是一个原始而淳朴的观念,还没有上升为一个纯粹的文学话语。由于先秦时期的诗歌(文学)创作没有实现完全个体化,人们用诗(文学)来表达思想情感往往借助于《诗经》,这是因为"诗者,志之所之也"(《毛诗序》)。赋诗(诵读《诗经》)既是一种诵读行为,也是一种创作行为。赋诗之中,有对《诗经》原本思想情感的转述;也有创造,是一种思想情感的嫁接。这

---

① 闻一多:《歌与诗》,《神话与诗》,华东师范大学出版社1997年版,第201页。

就是言志。"志"是志向，主要是指理想、抱负等政治、伦理、道德的意涵，大到治国理政、人伦教化，小到待人接物、亲情友情，都属于"志"的范畴。《左传·襄公二十七年》记载郑伯宴请赵孟时，子展等七人赋诗言志，从中可以看出，子展等人的赋诗都有他们个人的动机：或对来宾表示欢迎；或赞美来宾的功绩；或表示与来宾永结同好；或勉励来宾戒骄戒躁、保持美德等。这些都是"志"。在古人看来，这些"志"是《诗经》的思想内容，子展等人只是转述而已。但是，各人在转述的过程中又寄寓着自己的情感意向，包括伦理、道德和礼法等方面的内容，这是子展等人的志。综观先秦典籍关于用诗的记载，借助于《诗经》言志的比比皆是。这其中存在着对《诗经》这一文学作品的严重歪曲与误读，而在当时人的眼里，这些又都是合情合理的行为。比较典型的是《左传·隐公三年》的一段记载："卫庄公娶于齐东宫，得臣之妹曰庄姜，美而无子，卫人所为赋《硕人》也。"《硕人》一诗确实写的是美人之美，但是这首诗是否附会庄姜之事？不得而知。从诗所描写的"齐侯之子，卫侯之妻，东宫之妹，邢侯之姨"诗句来看，似与庄姜身份相符，但是整首诗极度渲染的是女子的貌美、高贵，通篇表达的尽是赞美的感情，并没有哀叹、怜惜之意。如果说这首诗的创作缘起是哀叹庄姜"美而无子"，那么，这首诗便可归为怨诗之列，但是，我们实在

第二章 诗言志：诗在志向

找不出怨的蛛丝马迹。孔子更是离奇！他把"手如柔荑，肤如凝脂，领如蝤蛴，齿如瓠犀，螓首蛾眉，巧笑倩兮，美目盼兮"这几句描写美人特征的诗看作是对礼的赞美，要求学生去臆测、附会。① 可以说，孔子真正曲解了诗人之志，把自己的志意、思想强加于诗，这便不是真正地说诗，而是借助于诗说他那些教条的礼。但是，这却是先秦时期"言志"的典型情形。

从"言志"出发，先秦赋诗一般有两个动机：一是讽刺，二是颂美。但是，无论是讽刺还是颂美都不一定符合《诗经》之意，往往是赋诗断章，只取其中对赋诗者有用的一两句诗或几句诗，不是采用全诗之意。这样，先秦的用诗具有很大的随意性。也就是说，赋诗者用诗只挑选切近于自己志意的一两句或几句诗借以表达志意，实现赋诗的目的。

讽刺是对某事或某人表达嫌恶的感情。先秦用诗，多带有政治或伦理道德的倾向，而且，往往是以政治或伦理道德的观点统领嫌恶的情感。在具体表达上是委婉的、温柔敦厚的，故后人谓之"美刺"。讽刺表现的委婉和温柔敦厚往往都是借助于《诗经》。这是因为，借助于《诗经》表达讽刺之意本来就

---

① 《论语·八佾》云："子夏问曰：'巧笑倩兮，美目盼兮。素以为绚兮。'何谓也？子曰：'绘事后素。'曰：'礼后乎？'子曰：'起予者，商也！始可与言诗已矣。'"

是一种间接的行为，而且，《诗经》在当时被视为一个真理性文本，它的温柔敦厚是公认的。后来的《礼记·经解》说"温柔敦厚，诗教也"，就是对前人看法的归纳和总结，也是赋诗之人通过表达志意所透露出来的深厚内容。颂美是对某人或某事的歌咏与赞美。在先秦，这同样带有很强的政治和伦理道德的倾向。颂美的情感往往是热烈而含蓄的，同时，也是委婉、温柔敦厚的，这是赋诗者志向的一种表现。这些，通过《左传》等先秦典籍的用诗记载就能够获得较为详细的意义。

"志"是志向，这是先秦时期用诗奠定的文学观念，主要是为了实现诗服务政治伦理道德教化的企图。这是因为，先秦时期已经看清楚了诗在精神陶冶、熏染方面所具有的独特作用。然而，"诗言志"又确实触及诗（文学）的本质问题，将诗（文学）的本质界定为"言志"有它的合理一面，当然，也有缺陷。这种缺陷是使诗成为非诗。这不是时人有意而为，实是当时的文学观念含混造成的。

三 "志"包含情感

先秦时期的赋诗、引诗都是借助于《诗经》表达志向，这种志向虽然主要是政治、伦理、道德的，但是，我们也不能否认，其中也有情感的成分，也包含着浓烈的情感。在这里，

第二章 诗言志：诗在志向

我们首先要强调的是，赋诗、引诗所表达的志向不一定是《诗经》所固有的，往往是赋诗、引诗者所赋予的，将自己的志向嫁接于诗所描写的政治、伦理、道德事件之中，这就给诗（文学）的情感蒙上阴影。这也就是人们所说的"志"是原始而淳朴的不是纯粹文学的所表达的意图。"言志"作为一个界定诗（文学）的本质的观念虽然存在明显的局限，但是，对中国古代文论的影响特别深远。

由于《诗经》经过了先贤的编订与阐释，在编订与阐释的过程中赋予每首诗以政治、伦理、道德之意，这是对《诗经》的误读。可是，就是这种误读，成为后人理解《诗经》的准则。自从诗作为一种文体进入文人创作之后，"言志"也自然而然成为诗和诗人的追求。屈原是第一位自觉作诗"言志"的诗人，是"言志"的最早实践者。在他的诗作中，大量运用了比兴的手法象征、比喻，多视角地表达了自己的理想、情感和志向。屈原曾反复言述作诗以"言志"。《惜诵》云："忠何罪以遇罚兮，亦非余心之所志。"《抽思》云："羌中道而回畔兮，反既有此他志。"《怀沙》云："离愍而不迁兮，愿志之有像。""定心广志，余何畏惧兮。"可见，他是"言志"观念的最早承接者。他诗中所说的"志"均有志意、志行、志向、志愿之意。更为奇特的是，屈原情志并举，有时，二者并没有鲜明的区别。如《惜诵》："惜诵以致愍兮，发愤以抒情。""言与行其可迹兮,情与貌其不变。""志"和"情"基本可以相互置换。屈原的"抒情"即"言志","言志"即"抒情",二者已没有什么区别。可见,屈原已经不自觉地改造此前的言志观,使之更切合文学创作的实际,通过他亲身的创作实践,在广阔的诗学背景上奠定了情志一体化的基础。从而,"诗言志"也有了更为诗性的内涵。

差不多与屈原同时的荀子是"诗言志"观念发展历程中的一个关键人物。他的关键性并不仅仅在于他也是一位较早作诗言志的诗人。他曾经创作了《成相》《佹诗》等新体诗歌,并借此表达自己的志向,具有讽刺、批判的特点。可以说,这一做法顺应了文学发展的潮流,对呼唤文学创作的繁荣,具有一定的意义。在这方面,应该说,屈原比他出色得多,因此,荀子不算典型。然而,荀子的关键性却在于对"诗言志"内涵的理论充实上,"诗言志"之能成为一个重要的创作和批评观念,与他的深刻演绎有着很大的关系。

《荀子·儒效》云:

> 圣人也者,道之管也。天下之道管是矣,百王之道一是矣,故《诗》《书》《礼》《乐》之道归是矣。《诗》言是,其志也;《书》言是,其事也;《礼》言是,其行也;《乐》言是,其和也;《春秋》言是,其微也。故《风》

第二章　诗言志：诗在志向

之所以为不逐者，取是以节之也；《小雅》之所以为《小雅》者，取是而文之也；《大雅》之所以为《大雅》者，取是而光之也；《颂》之所以为至者，取是而通之也。

荀子首先讨论了道与圣的关系，从主体主宰的角度肯定圣人是"道之管"，天下与百王之道皆出自圣人。接着，他讨论了《诗》《书》《礼》《乐》《春秋》与圣、道的关系，以为它们表达的皆是圣人之道。《诗》记载的是圣人的志向；《书》记载的是圣人的事迹；《礼》记载的是圣人的行为；《乐》记载的是中和之音；《春秋》记载的是微言大义。这五种典籍被后人称之为"五经"，以为皆出自圣人之手，是训导和规范人们言行的准则。最后，荀子特别论述了《诗》。《诗》由风、大雅、小雅、颂组成。它既然记载的是圣人的志向，那么，在表达圣人之志时，各部分具有不同的功能。风之所以不陷于流荡无礼，是因为有圣人用圣人之道在制约着；小雅之所以成为小雅，是因为圣人用圣人之道在修饰它；大雅之所以成为大雅，是因为圣人用圣人之道在光大它；颂之所以成为诗之极至，是因为圣人用圣人之道融通它。荀子把《诗》看作是寄寓并弘扬圣人之道的最高典范，对之推崇备至，实开后世明道、宗经、征圣之先河，为扬雄和刘勰的理论提供了强有力的支撑。从此可以看出，荀子"《诗》言是，其志也"的核心就是强调诗应表达儒家的政治、伦理、道德思想。圣人是指文王、周公、孔子为代表的先儒，"志"即是儒家的政治、伦理、道德。

然而，荀子也同屈原一样，是一位"情""志"并重的倡导者。他也强调"情"为人情所不免："性者，天之就也；情者，性之质也；欲者，情之应也。以所欲为可得而求之，情之所必不免也；以为可而道之，知所必出也。"(《荀子·正名》)但是，他并没有真正地将"情"的观念贯穿到"志"的观念中去。在他的思想中，"情"与"志"基本是分离的，"志"居于统领的地位。这又显示了他与屈原的差异。《荀子·乐论》是一篇述情的理论文字，其中，讨论了乐的特征："夫乐者，乐也，人情之所不免也。"但是很快便转入实质性的内容："故人不能不乐，乐则不能无形，形而不为道，则不能无乱。先王恶其乱也，故制雅、颂之声以道之，使其声足以乐而不流，使其文足以辨而不諰，使其曲直、繁省、廉肉、节奏足以感动人之善心，使其邪污之气无由得接焉，是先王立乐之方也。"(《荀子·乐论》)这里又是言志了。荀子以"志"统"情"的思想在中国漫长的文学艺术史上有着巨大的威慑力，很多理论家不敢越雷池一步，在很大程度上，制约了古代对文艺本质特征认识的深入。

将荀子的观念糅合为一种完整的诗学理论的是汉代产生的

第二章　诗言志：诗在志向

《毛诗序》(《诗大序》)。这篇诗歌理论"情""志"并举，并对之有相对完整的阐发，确立了儒家诗学的基本原则。其云：

> 诗者，志之所之也，在心为志，发言为诗。情动于中而形于言，言之不足故嗟叹之，嗟叹之不足故永歌之，永歌之不足，不知手之舞之，足之蹈之也。

沿袭先秦"诗以言志"的观念而又有所申发，《毛诗序》认为，诗是因为志的激发才产生的。诗存在于人的心里是志向，用语言表达出来就成为诗。同时，诗的产生又是"情动于中而形于言"的，自始至终都有情感参与。这样，《毛诗序》将"情""志"一体化，在诗、乐、舞统一的大背景上，高扬"情动于中"的意义，这的确是文学观念的深化。《毛诗序》整合了此前关于诗的看法并做了自己的发挥，为深入认识诗（文学）的本质特征奠定了重要的基础。

《毛诗序》在倡言"情动于中"时，并没有抛弃自《左传》以来的诗歌教化观念。它主张诗应发挥讽刺功能，"上以风化下，下以风刺上"；同时，要求诗人要明察国家政治、伦理、道德得失的迹象，"伤人伦之废，哀刑政之苛，吟咏情性，以风其上"，论证诗应是"发乎情，止乎礼义"的。"情"不能超越礼义的限制，只能在礼义允许的范围内展开，这又给诗的创作制订了人为的框框。这说明，《毛诗序》所倡言的"情"是经过儒家礼义熏染的，并非人类的至纯至真之情。"发乎情，止乎礼义"被后世奉为文学创作之圭臬。直到清代的纪晓岚，仍将之作为理论武器批评陆机的"缘情"观念，指责他"发乎情，不止乎礼义"。

《毛诗序》倡言"情"，是因为认识到情感的打动力量；它从诗（文学）反映现实的立场出发，准确地认识到了不同的社会现实必定有相应的情感反应：

> 故治世之音安以乐，其政和；乱世之音怨以怒，其政乖；亡国之音哀以思，其民困。故正得失，动天地，感鬼神，莫近于诗。先王以是经夫妇，成孝敬，厚人伦，美教化，移风俗。

这种无限夸大诗歌情感打动力量的做法必将引起统治者的高度重视，其结果是，使诗最终沦为政治、伦理、道德的工具，给诗的发展乃至整个文学艺术的发展套上枷锁，继而，使文学艺术失去生命的活力。

《毛诗序》"情""志"并举的做法尽管有种种缺陷，但是，在中国古代文论史上，仍然具有里程碑的意义。它摆脱了先秦时期"言志"观念中的单一的政治、伦理、道德的内涵，

第二章 诗言志：诗在志向

糅合了情感的成分，强调并肯定了情感的打动力量。这是文学观念的进步。"诗言志"之所以能成为中国诗学的"开山纲领"，成为一个千古诗人效法的不易法则，实与《毛诗序》对它内涵的充实和丰富有着至为密切的关系。因此，无论如何，人们都不应该低估《毛诗序》存在的意义。可以这样说，"诗言志"的观念到了《毛诗序》才被真正地规范，它的功利性虽然更为明确了，同时，诗性也更加完善了。以此为起点，"诗言志"便开始担负起人类道义的重任，踏上了播洒诗性的漫漫征程。

第三章　诗缘情：诗在情感

"诗缘情"是中国古代文论史上对诗（文学）的本质特征的又一真理性的认知，它是对"诗言志"的超越。这种超越是建立在文学观念自觉和文体观念自觉的基础之上的。这一点，陆机在他的《文赋》里表述得十分清晰："诗缘情而绮靡；赋体物而浏亮；碑披文以相质；诔缠绵以凄怆；铭博约而温润；箴顿挫而清壮；颂优游以彬蔚；论精微而朗畅；奏平彻以闲雅；说炜晔而谲诳。"在这里，陆机讨论了文章十体，这十体文章虽然不全是文学文体，但是，陆机是把它们当作文学来认识的，试图发掘各种文体本身所具有的美的成分。从中可以看出，"诗缘情"是针对于"诗"的。这个"诗"与"诗言志"的"诗"的原本意义不同。"诗言志"之"诗"的原本意义特指《诗三百》（《诗经》），而"诗缘情"之"诗"则是指一种文体。这也就是我们所说的文体观念自觉的意图之所在。

第三章　诗缘情：诗在情感

一　"情"的觉醒

"诗缘情"的观念虽然到西晋时期才为陆机所提出，但是，这种观念的积淀却经历了一个漫长的过程。陆机只不过是一个总结者，当然，不是一般意义的总结者，在某种意义上，又可以说他是一个发现者，是他真正发现了诗的本质。

在中国古代文学的发展历程中，"情"的观念一直到魏晋时期才觉醒。作为人类的一种心理存在，"情"的生成是与人类的产生同步的。没有情，就没有人类，也不会有这么一个生机盎然的世界。人是情感的动物，人的一切活动都受情感的支配。文学作为人类的一种纯粹的审美感应活动，情的作用与意义更非同寻常，离开情，文学活动本身将不会存在。表达情感是文学的永远职能，虽然，情感的表现内容会随时代的发展而发生变异，表达的方式也会随时代的发展更加多样，但是，文学表情的职能却不会改变。

翻检远古典籍，"情"字不见于甲骨文和金文，《左传》之后才大规模运用，尤以《墨子》《庄子》《荀子》以及屈原的诗运用较为广泛。这说明，"情"的观念出现很晚。在先秦典籍中，"情"的涵义很多，不少意项指情况、情状。足见"情"的原初意义并不是指人的心理活动之情感，而是指对象的客观情状。有人说，"情"的古义是指真实的、本质的东西①，这种看法有一定的可信度。"情"的原初意义同真实应该有着非常密切的关系。

对"情"有所发明的是《庄子》。《庄子》33篇处处演绎情，解说情，"情"在某种意义上与他的"道"相通。《庄子》之"情"，也有不少是真实的内涵，它常常"情""信"对举，足以表明它对"情"的认识。《齐物论》云："可行已信，而不见其形，有情而无情。"陈鼓应注："情，实也。"②《大宗师》云："夫道，有情有信，无为无形；可传而不可受，可得而不可见。"这里的情依然是真实。真实即道。故而，"情"与"道"相通。另一方面，庄子又把"情"与"性"联系在一起，"情"的内涵也发生了变化。在《渔父》中，他把人的心理之情看作是真的表现：

> 真者，精诚之至也。不精不诚，不能动人。故强哭者，虽悲不哀；强怒者，虽严不威；强亲者，虽笑不和，真悲无声而哀，真怒未发而威，真亲未笑而和。真在内者，神动于外，是所以贵真也。

---

① 参见陈良运《中国诗学体系论》之"缘情"篇，中国社会科学出版社1998年版。
② 陈鼓应：《庄子今注今译》，中华书局1999年版，第47页。

第三章 诗缘情：诗在情感

悲、怒、哭、笑，这些情感与心理的表现，足以展现人的至精至诚之真。发自内心的情感应该是真实的、不虚伪的，只有真实的情感才能打动人。庄子本人就以自己的至精至诚之真向人们展示了一个光彩炫目的心理世界，为文学艺术的情感表现提供了一个美的范本。

屈原脱颖于战国，师法儒道，情、志并重，抒情在他的作品中已经成为一种自觉的行为。在诗歌中，他反复申述自己内心情感的苦闷："情沈抑而不达兮，又蔽而莫之白。"（《惜诵》）"结微情以陈辞兮，矫以遗夫美人。"（《抽思》）"申旦以舒中情兮，志沈菀而莫达。"（《思美人》）"焉舒情而抽信兮，恬死亡而不聊。"（《惜往日》）借助于诗来发泄苦闷的情感，诗是他抒情言志的重要工具。屈原"缘情"的自觉缘于他经历过现实磨难的切肤之痛，缘于他诗人的角色大于政治家的角色。与屈原差不多同时的荀子就没有经历过这种角色的转变，他虽然也"情""志"并举，但是终与诗性隔了一层。这实际上是由他政治家的身份所决定的。《荀子·礼论》云："凡礼，始乎梲，成乎文，终乎悦校。故至备，情文俱尽；其次，情文代胜；其下，复情以归大一也。"他把情最终归为礼，以情达礼，以礼节情，情是礼的一部分。这样，荀子的"情"与文学无涉，还是一个政治话语。同时，荀子又把情等同于欲望，那是一种完全功利化的东西，这种情显然是缺乏诗性的。当然，荀子对情的言说本义并非辨别文学之情，意在阐释人性的善恶。在《乐论》这一篇论述乐（艺术）的文章中，他对情的态度依然如此。他说："乐者，圣人之所乐也，而可以善民心，其感人深，其移风易俗，故先王导之以礼乐而民和睦。夫民有好恶之情而无喜怒之应，则乱。先王恶其乱也，故修其行，正其乐，而天下顺焉。""乐"可以感动人心、移风易俗，这是基于乐的教化本质而言的。在这里，乐作为统治者意志的艺术传达形式被扭曲了，由此关联的对百姓情性的训化也被扭曲了。乐的这种霸权意识是统治者刻意赋予的，并非乐的本质。这种观念一直延续到《礼记·乐记》《毛诗序》。《毛诗序》从"情动于中而形于言"的观念出发阐述了情的意义，肯定了情感的打动力量，主张"情""志"统一。这说明，在中国古代文论史上，情的观念是随着文体的自觉而逐渐规范的。

中国文学经过汉代的浸润，文体大备。那时，文学已经开始脱离经学和史学，成为一个独立的门类。具体到诗，内涵充实了，形态完备了；人们已开始有意摆脱《诗经》的体式，进行自由的创造，因此，便有了四言诗、五言诗以及杂言诗，涌现出很多杰出的诗人。此时兴起的赋，作为一种文学文体脱胎于诗，又与诗明显不同，最终成为汉代文学的标志性文体。实际上，汉代文体的发展已经充分显示了文学的自觉。汉代文体的变化给文学观念带来了深刻的变化,"诗缘情"的文学观念登场时机已经成熟。

二 "缘情而绮靡"

"诗缘情"不仅说诗歌的产生是因为情感的激荡,而且说诗歌的主要功能是表达情感,和"诗言志"的观念相比,更加接近诗(文学)的本质,标志古代对文学的理解又进了一步。很多人将"诗缘情"观念的产生归功于文学的发展,归功于时代,其实,"诗缘情"的提出并没有超越历史时代,它是对文学发展历史的自然总结。因为《诗经》、楚辞、汉乐府等陆机之前的文学,都在表达情感,即便这些文学也言志,情感的表达却是主流。只不过,在儒家的眼里,仅看到"志",没看到"情",更没有看到"情"与"志"的交织。可见,"缘情"早已成为文学的本质特征,陆机是一个总结者。这是陆机的理论贡献。陆机还有一个重要的理论贡献,那就是在"缘情"之外,他还看到了文学的形式特征——"绮靡"。"绮靡"是一个比喻的说法,意思是像丝织品那样华美。"缘情"与"绮靡"结合,才构成对文学本质特征的完整认识。在中国古代文论史上,很多人指责陆机,不在"缘情",而在"绮靡"。如明谢榛《四溟诗话》(卷一)云:"陆机《文赋》曰:

'诗缘情而绮靡,赋体物而浏亮。'夫'绮靡'重六朝之弊,'浏亮'非两汉之体。徐昌谷曰:诗缘情而绮靡,则陆生之所知,固魏诗之查秽耳。"然而,更多的人认同陆机的观念。这说明,陆机的文学观是符合时代审美发展的潮流的。文学艺术不仅要表情,而且要华美,只有如此,才能给人以美的享受。

"缘情"和"绮靡",一主内容,一主形式,都是诗(文学)的固有特征,是文学区别于其他文体的重要标志。先秦时期虽然认识到"诗以言志",也认识到"发愤以抒情"(屈原《惜诵》),但是,并没有认识到文学形式的华美。《左传》用《诗》只着眼于用意,并不考虑它的语言的华美。倒是先秦的音乐理论注意到美的问题。《左传·襄公二十九年》记载了吴季札观乐时连连慨叹"美哉",这"美哉"不仅仅局限于志向之美(言志),而且也包括音乐的音色优美动听。孔子评价《韶》乐有"尽善尽美"(《论语·八佾》)之语,"美"即指好听。《乐记》极力赞美音乐的优美感人在于声音,音乐的美得到广泛的认可。这里的"美"在很大程度上都是指形式的因素。因此,到了汉代,对文学形式美的认识才达到一定的自觉。《西京杂记》记载司马相如对赋的认识已有意识辨别赋的美。"合綦组以成文,列锦绣而为质,一经一纬,一宫一商,此赋之迹也。"扬雄《法言·吾子》也展开了对美的深入讨论,有"雾縠组丽""苍蝇红紫""女有色"等品语。最为

第三章　诗缘情：诗在情感

经典的是他对赋的华丽的认识。他说："诗人之赋丽以则，辞人之赋丽以淫。"（《法言·吾子》）不管是什么样的赋，其共同的特征是"丽"。这实是陆机"绮靡"的先声。曹魏时，曹丕将这一"丽"的观念引申扩大为"诗赋欲丽"（《典论·论文》），亦即诗和赋都是华丽的，这是区别文学和非文学的关键一步。无论是司马相如，还是扬雄、曹丕，他们对文学的认识都是表面的。只有陆机"缘情"与"绮靡"并举，将文学的本质特征和形式特征一网打尽，并以"缘情"统领，实现了文学观念的飞跃。我们今天肯定"缘情"的理论价值是含括"绮靡"的观念的。

"诗缘情"的理论在两晋南北朝时期形成一股浪潮，并且和文学创作实践紧紧结合在一起。这一时期，出现了许多一流的作家，如左思、陶渊明、谢灵运、鲍照、庾信等人，他们都特别重视情感与文采，在文学表现的视野上也多有开拓，形成了一时盛貌。同时，沈约、刘勰、钟嵘、萧统、萧绎在理论上前呼后应，进一步促进了"诗缘情"理论探讨的深入。沈约《宋书·谢灵运传论》曾用"文以情变""以情纬文"来评价汉魏作家，在评述潘岳、陆机时，他明确指出他们作品绮靡的特征："缛旨星稠，繁文绮合"。尔后，沈约又集中讨论了声律，阐扬声律在文学创作中的意义。这可视为沈约对陆机的呼应。刘勰《文心雕龙·明诗》明言"诗者，持也，持人情性",后在《时序》篇中又指出西晋文学"结藻清英,流韵绮靡"的特点,并且还专门撰写一篇《声律》讨论诗文的声律问题。钟嵘恶用四声,却主张诗歌创作"干之以风力,润之以丹采"(《诗品序》),特别重视自然物色及社会现实生活对情感的激发作用。萧统搜罗古今文章,分门别类,以"事出于沈思,义归乎翰藻"(《文选序》)相标榜,区分了文学和非文学的界限。萧绎深入分析文的特征,他的"至如文者,惟须绮縠纷披,宫征靡曼,唇吻遒会,情灵摇荡"(《金楼子·立言》)的论断,"缘情"与"绮靡"并重,将自陆机以来的"诗缘情"理论推到极致,最终实现了文学自觉。此后,"缘情"成为文学创作和批评的一种标准,一个信念,将中国古代文学创作和批评引向深入。

三 "缘情"的意义

"诗缘情"强调诗歌缘于情感,表达情感,不仅抓住了诗的本质,同时,也抓住了文学的本质,是文学观念自觉的标志。然而,它的理论意义又不完全表现在这个层面,还应该从更深的层面来看。"诗缘情"发现了诗的本质,有意或无意地在纠正"诗言志"的偏差,消解"诗言志"的中心话语地位。但是,从实质来看,"诗缘情"本身不是意在制造与"诗言

第三章 诗缘情：诗在情感

志"的对立，而在貌似对立的外表下追求文艺本质的多元共存。这才是"诗缘情"的价值之所在。

"诗缘情"和"诗言志"给人的表面印象是一对矛盾的纠结体，其实，它们之间的重合交叉之处还是很多的。《毛诗序》在倡导"诗言志"的同时又说，"情动于中而形于言"，很明显，它已经认识到"情"对诗（文学）的催生作用，意在弘扬"情"的创造价值。《毛诗序》"情""志"并举的行为表现了一种矛盾的心态：一方面难以割舍诗的政治教化功能，另一方面又认识到"情"的创造价值。就像朱自清先生所说："《大序》的作者似乎看出'言志'一语总关政教，不适用于原是'缘情'的诗，所以转换一个说法来解释。"[①] 就说的是《毛诗序》的这种矛盾心态。

"诗缘情"不是意在制造与"诗言志"的对立，而是追求文艺本质的多元共存。这是人们对待"缘情"的基本态度。这一点，从陆机《文赋》的相关论述中是可以看清楚的。《文赋》在讨论情感的培养时，一方面要求"感物"，即作家通过与自然的感应唤起深藏在内心的美好情感；另一方面又要求"颐情志于典坟"；以为只有这样才能做到"心懔懔以怀霜，志眇眇而临云"。陆机肯定这是文学创作的根本。在言述文学

[①] 朱自清：《诗言志辨》，华东师范大学出版社1996年版，第29页。

创作的构思时,他充分强调情感的参与意义,但同时也并不忽略"理"。"理扶质以立干,文垂条而结繁。""理"应指情理或情志,与"文"对应。陆机浓墨重彩,渲染文学创作"情"的表现,以"情"统"志"的倾向极为明显。在区分文章十体之后,陆机深沉地说:"虽区分之在兹,亦禁邪而制放。要辞达而理举,故无取乎冗长。""禁邪""制放"乃儒家思想,指的是邪僻、放荡等不符合儒家伦理道德规范的行为,"理"依然指情志。从陆机的家学及修养来看,这样来理解陆机应该符合他的本原意图。在言说文章术病时,陆机多次谈到情与理:"或辞害而理比","或文繁而理富","或遗理以存异","言寡情而鲜爱"等。这里的"理"都含有情理、情志之意。可见,陆机并不是要有意制造"情"与"志"的对立,而是在努力调和它们,表现出极其谨慎的态度。在对待具体文学作品时,陆机的卫道士倾向也有鲜明的表露。"或奔放以谐合,务嘈囋而妖冶。徒悦目而偶俗,故声高而曲下。寤《防露》与《桑间》,又虽悲而不雅。""不雅"即指不符合儒家伦理道德的规范。《桑间》《防露》均为古代乐曲。《礼记·乐记》说,"《桑间》《濮上》之音,亡国之音也"。陆机肯定二曲的感人力量,但是却强调它们"不雅",这是"言志"的角度。在《文赋》最后,陆机讨论了文学的作用与价值:"伊兹文之为用,固众理之所因。恢万里而无阂,通亿载而为津。俯贻则

第三章　诗缘情：诗在情感

于来叶，仰观象乎古人。济文武于将坠，宣风声于不泯。途无远而不弥，理无微而不纶。配霑润于云雨，象变化乎鬼神。"这与《毛诗序》的"动天地，感鬼神"有什么区别？可见，陆机并没有完全抛弃"诗言志"的观念。所不同的是，"诗言志"以"志"统"情"，"诗缘情"则是以"情"统"志"。陆机用以"情"统"志"的观念取代以"志"统"情"的观念。这是历史发展的必然。"诗缘情"理论的提出是整合文学艺术的本质特征，将其置于多元的观照之下，追求文艺本质的多元共存。

　　由此可见，"诗缘情"的理论虽然是对文学本质的规定，但是并没有完全摆脱"诗言志"，它们之间还是藕断丝连的。这是因为，"言志"和"缘情"原本就是文学本质的两面，这两面是缺一不可的。然而，"缘情"确实又是对"言志"的超越。它对文学本质的界定与认识更为准确，不仅认识到文学与情感的关联，而且还认识到文学绮靡的形式特征。正是因为"诗缘情"这一文学本质观念的确立，才有唐诗、宋词、元杂剧及明清小说的辉煌，才有中国古代文论的辉煌。

第四章 赋、比、兴：法度准则

在中国古代文论中，赋、比、兴是最为核心的理论范畴之一，其对中国古代文学创作和批评的作用之大，罕有其匹。赋、比、兴的理论意蕴已经化为中国文学、美学的精神，成为中国文学传统的一个重要组成部分。因此，元人杨载说，赋、比、兴是"诗学之正源，法度之准则"（《诗法家数》）。

一 赋、比、兴与"六诗""六义"

赋、比、兴三个概念最早见于《周礼·春官》。在那里，它们有一个总的名称：六诗。"大师……教六诗，曰风，曰赋，曰比，曰兴，曰雅，曰颂。以六德为之本，以六律为之音。""六诗"究竟指的什么？风、赋、比、兴、雅、颂的意义到底是什么？古今一直存在很大的争论。到了《毛诗序》，"六诗"又改称为"六义"："故诗有六义焉：一曰风，二曰赋，三曰比，四曰兴，五曰雅，六曰颂。"《毛诗序》以此给人们提供了一个比较明确的信息：此"六义"已非彼"六诗"，但是此"六义"与彼"六诗"又有一定的关联。究竟"六诗"与"六义"是一种什么关系？这个问题又很难回答。因为材料缺失，各种猜测、论述层出不穷。在这里，姑且介绍在我们看来说得相对圆满的王昆吾（小盾）的解释。他说："《周礼》的'六诗'，代表的是《诗》成型之前的风、赋、比、兴、雅、颂观念，毛诗的'六义'代表的是《诗》成型之后的风、赋、比、兴、雅、颂观念。"[①] "'六诗'是西周时代用于乐教的概念，指对瞽矇进行语言与音乐训练的六个科目；'六义'是汉代儒家诗学的概念，是用伦理的语言对《诗经》作品及其表现手法之分类的反映。"[②] 这似乎是一个符合逻辑的推断。此前，还有人做别的猜测，"六诗"是六种乐歌，赋、比、兴像风、雅、颂一样也是乐歌，可是，缺少佐证，在古代典籍里已找不出一首属于赋、比、兴的乐歌。而"六诗"（"六义"）是诗的表现手段和教化手段的看法比较流行，汉代的郑玄就持这种观念。其《周礼注》云："风言圣贤治道之遗化也；赋之言铺，直铺陈今之政教善恶；比见今之

---

① 王昆吾：《诗六义原始》，《中国早期的艺术与宗教》，东方出版中心1998年版，第216页。
② 同上书，第295页。

失，不敢斥言，取比类以言之；兴见今之美，嫌与媚谀，取善事以谕劝之；雅，正也，言今之正者以为后世法；颂之言诵也，容也，诵今之德，广以美之。"到了唐宋，孔颖达、朱熹又提出了"三体三用""三经三纬"的说法，认为风、雅、颂是体（或经），赋、比、兴是用（或纬），将一个原本比较复杂的问题简单化了。孔颖达、朱熹的说法主导着后来的关于《诗经》、"六诗"、"六义"包括赋、比、兴的研究，人们自觉或不自觉地接受着他们的观念。关于这个问题的研究似乎走到尽头。经纬体用之说虽然在后世的影响较大，其实，说法很不严谨，有很多漏洞可以指陈。

二 赋、比、兴的意义

赋、比、兴是三个相互关联的范畴，通常的理解是，赋是铺陈、叙述，比是比喻，兴是起兴。说它们是诗的创作方法也好，艺术手段也好，修辞手段也好，都没有太大的问题。这里的关键是比、兴。由于比、兴相伴相生，意义相近，功能相近，难以区分，故而合称。现存资料表明，比、兴合称从南朝开始，后来，意义也趋于一体化，逐渐演变成为中国古代诗学的一个独特范畴，成为一种艺术思维方式。综观中国古代文论与美学的发展历史，比兴的意义经历过多次演变，形成了复杂

第四章 赋、比、兴：法度准则

的意义结构。这些复杂的意义，相生、相融而又相异，互为表里而又互相排斥，如果不限定一个具体的讨论范围，很难把它的意义讲清楚。对此，朱自清先生体会很深，在《诗言志辨》中，他明确地说："赋比兴的意义，特别是比兴的意义，却似乎缠夹得多；《诗集传》以后，缠夹得更利害，说诗的人你说你的，我说我的，越说越糊涂。"① 这一方面是说，比兴是古人非常关注但又从来没有说明白的一个重要问题；另一方面也在提醒我们，在对比兴范畴进行理论言说的时候，千万要谨慎，不要落入由于前人从不同角度释义所形成的逻辑混乱的陷阱。

古代对赋的认识大同小异，基本争议不大，比、兴则争议较大。我们下面主要罗列古人关于比、兴的主要观念，大致可以归纳如下。

第一，赋、比、兴都是教化手段，比、兴都是比喻。郑玄说，"赋之言铺，直铺陈今之政教善恶；比见今之失，不敢斥言，取比类以言之；兴见今之美，嫌与媚谀，取善事以谕劝之"，意图很清楚，就是从教化的角度言说的。在这里会发现，郑玄对比、兴的解释很微妙。他认为，比说的是恶事，兴说的是善事，两者都是比喻。也就是说，它们之间的差别就体

---

① 朱自清：《诗言志辨》，华东师范大学出版社1996年版，第48—49页。

现在说善说恶上。郑玄之前，郑众曾有《周礼解诂》，其中也解释了比与兴："比者，比方于物也；兴者，托事于物。"也就是说，比是借助于外物打比方，兴是借助于外物以寄托。这种解释显然与郑玄不一样。由于郑众的《周礼解诂》已经遗失，他对比、兴的释义还是经郑玄引用才保存下来的。仔细分析，二郑的意图有差别，但是，也有相似之处，那就是，他们都把比、兴当作手段来看待，这奠定了后世比兴意义的基础。

第二，比是比喻，兴是引起、发端。刘勰就认为，比是比喻，兴是"起情"。"起"就是引起、发端之意。《文心雕龙·比兴》云："故比者，附也，兴者，起也。附理者切类以指事，起情者依微而拟议。起情故兴体以立，附理故比例以生。"刘勰把兴看作是"起"，引起情感发生。这是依据《说文》对兴的释义。《说文》云："興，起也。从舁从同，同，同力也。"要引起情感发生，就必须采取相应的手法，这种手法就是"依微而拟议"。何谓"依微而拟议"？"微"指事物本身所蕴藏的微妙含义，"拟议"就是寄托。这就是说，兴引起了情感的发生，采取的手段是借助于外在事物本身所蕴涵的微妙含义来进行寄托。由于古人的宇宙观是天人合一，在他们看来，外在事物本身是有意义的，不需要人为赋予。可见，刘勰实际上已将前人释兴的寄托观念纳入他的兴的意义之中，同时，又发现了兴的"起情"的特征。这一发现，得到了后来不少人的赞同。典型者如朱熹，他明确地说："兴者，先言他物以引起所咏之词。"① 就认定兴是借助于外物引发情感发生的一种创作方法。这些观念貌似雷同，实际上，各有所指，意图不完全一样。可见，在兴的观念中，隐含着无限丰富的思想内涵。

第三，比是"因物喻志"，兴是"文已尽而意有余"。差不多与刘勰同时的钟嵘，对比、兴也发表了他个人的看法。在《诗品序》中，他说："文已尽而意有余，兴也；因物喻志，比也；直书其事，寓言写物，赋也。"从这里，我们可以明显的看出钟嵘释义与前人不同。他说比是"因物喻志"，就是借助于外物表达自己的思想、情感、理想、抱负。这又类似郑玄、刘勰等人所说的兴。说兴是"文已尽而意有余"，是指诗歌所表达的情韵让人回味无穷。"文已尽而意有余"不完全是表达方法的问题，而是思维的问题。这是钟嵘的发明。钟嵘就是着意摆脱传统儒家思想对赋、比、兴的影响，他的比、兴观念似乎在有意抛弃儒家教化。这是传统比兴观念发展的转折，其理论意义极其深远。

第四，比是"索物以托情"，兴是"触物以起情"。宋代的李仲蒙在总结前人比兴观念的基础之上又有新的发明，他把

---

① （南宋）朱熹：《诗集传》，中华书局1958年版，第1页。

赋、比、兴的意义全部与情感和物象联结，在更深的层面上赋予了赋、比、兴以新的内容。他说："叙物以言情谓之赋，情物尽也。索物以托情谓之比，情附物者也。触物以起情谓之兴，物动情者也。"从李仲蒙的言说中人们可以看出，比所展现的情物关系是"情附物"，在这种关系中，诗人是主动的，诗人主动去寻求物以寄托感情；而兴所展现的情物关系是"物动情"，在这种关系中，外在物象感染了诗人，使诗人自然而然地接受了外物所传递的情感。这种理解比很多人的视界都要开阔。

由此可见，比、兴所包含的意义并不是单一的，而是无限丰富的。这无限丰富的意义，赋予比、兴以创造的功能，它们不仅仅是两种表现手段，实际已经成为一种具有民族特色的艺术思维方式，在推动中国古代文学创作与批评的发展过程中发挥了巨大的作用。

三 比兴作为一种艺术思维方式

比兴作为一种艺术思维方式，可以称之为比兴思维。[①] 将

[①] 关于比兴思维的相关论述，可参见李健《比兴思维研究——对中国古代一种艺术思维方式的美学考察》，安徽教育出版社2003年版，商务印书馆2019年修订再版。

第四章 赋、比、兴：法度准则

比兴作为艺术思维方式的理论萌芽于汉代，但是却成熟于魏晋南北朝时期。汉代对比兴的理论阐发基本是经学的，郑玄关于比兴的认识是在注《周礼》的时候表达出来的，郑众生活的年代早于郑玄，他的观点为郑玄所引，可以肯定地说，仍是经学的。一直到西晋，人们才从文学的角度进行了阐发。挚虞云："比者，喻类之言也。兴者，有感之辞也。"（《文章流别论》）在这里，"比"的含义极为清晰，"喻类之言"是指比喻这一修辞手段；而"兴"的含义就不那么明晰了。挚虞说"兴"是"有感之辞"，或许就是"托事于物"，或许是说受外在物象的启发，产生感触，形诸文字，总之"兴"的含义比较模糊。挚虞对"兴"的阐释又是表情达意的理论延伸。他说"兴"是"有感之辞"，强调有感而发，有情而发，已是艺术思维层面的问题。对比兴做出全面准确阐释的还是刘勰。《文心雕龙·比兴》不仅从语言上探讨了比、兴作为修辞的特点，而且还从思维上进行了发掘，对儒家的经学观念进行了糅合。他说："故比者，附也，兴者，起也。附理者切类以指事，起情者依微以拟议。起情故兴体以立，附理故比例以生。比则蓄愤以斥言，兴则环譬以寄讽。"强调比兴是情感的激荡，是联想、想象、象征、隐喻等各种手段的综合运用。所谓"切类指事""依微拟议"，就是指比兴思维强烈的综合作用。抓住事物之间的联系，发挥微言大义。在《文心雕龙·比兴》

的最后,刘勰评价比兴的价值:"诗人比兴,触物圆览,物虽胡越,合则肝胆。拟容取心,断辞必敢。攒杂咏歌,如川之涣。"由于比兴的运用,文学作品弥合了众多不同物象之间的差距,塑造了许许多多立体多面的美的形象。在这个意义上,"诗人比兴"就非同一般了。刘勰超越了一般的语言限定,将比兴上升到整体的"切类指事,依微拟议"的高度加以论述,是比兴思维理论的重大发展。

更为可贵的是,刘勰还从理论上阐发了比兴的思维特征。《文心雕龙·比兴》这样写道:

> 观夫兴之托谕,婉而成章,称名也小,取类也大。《关雎》有别,故后妃方德,尸鸠贞一,故夫人象义。义取其贞,无从于夷禽,德贵其别,不嫌于鸷鸟,明而未融,故发注而后见也。且何谓为比,盖写物以附意,飏言以切事者也。故金锡以喻明德,珪璋以譬秀民,螟蛉以类教诲,蜩螗以写号呼,浣衣以拟心忧,卷席以方志固,凡斯切象,皆比义也。至如"麻衣如雪""两骖如舞",若斯之类,皆比类者也。楚襄信谗,而三闾忠烈,依《诗》制《骚》,讽兼比兴,炎汉虽盛,而辞人夸毗,《诗》刺道丧,故兴义销亡。于是赋颂先鸣,故比体云构,纷纭杂遝,信旧章矣。

第四章 赋、比、兴：法度准则

在这里，比兴思维的一系列特征被和盘托出，其总体表现是"称名也小，取类也大"。这虽然是说兴的，但却带有总论的性质。"称名也小，取类也大"的理论意义和理论内涵非常丰富，比兴思维的诗性品格也正体现于此。它集中作家创造的智慧和艺术技巧，展示了情感的思理之光，展现语言艺术的美的魅力，使一首小小的诗，一篇小小的文章具有巨大的思想情感包容量。这一切都是受外在物象的启发或借助于外在的物象完成的。故而，刘勰以《诗经》、楚辞的具体隐喻和象征加以说明，并采用诗化的语言，使比兴思维的这一特征在理论表述上也充满诗性。不仅如此，刘勰还讨论了"称名也小，取类也大"所包含的形象（意象）创造特征，认为大凡优美的艺术形象（意象），都是寓意深远的，往往具有以一当十的作用，是无可替代的典型。正是由于其寓意的深远，才能吸引人，打动人，给人以回味无穷的审美享受。刘勰还发挥了儒家的讽谕教化思想，强调"称名也小，取类也大"的重要意义在于讽谕、教化。从他所列举的《诗经》和楚辞的例子我们可以看出，他受儒家解诗的影响很深。在他的意识中，比兴思维只有与儒家的讽谕教化结合起来才能显示价值。这恰恰是汉代以来研究比兴的固定模式。这种研究得出的结论必然是：比兴思维是属于政治伦理的，它只能是一种政治艺术思维的模式。

差不多与刘勰同时或稍晚,钟嵘也从艺术思维的角度对比兴发表了较为精当的见解。他说:

> 故诗有三义焉,一曰兴,二曰比,三曰赋。文已尽而意有余,兴也;因物喻志,比也;直书其事,寓言写物,赋也。(《诗品序》)

钟嵘以"文已尽而意有余"释"兴",非常明确地避开了表现手法或语言修辞的狭小的阐释,将视界扩展到整个创作,指涉整个创作思维,同时,也超出了一般的修辞学的理解。"因物喻志",就是借助于外在的物象,利用联想、想象、象征、隐喻等手法表达情感志向。这也是微观上的修辞手段无法实现的。尽管钟嵘分释比兴,但是,他已经准确看到了比兴对整个创作的思维统领,注重由比兴所造就的文学的形象性和抒情性。

钟嵘是提倡诗的"滋味"的,要求诗要给人以充分的美感。他的比兴观念是他滋味说的基石。他认为,诗要达到"指事造型,穷情写物,最为详切"的理想境界。必须运用兴、比、赋这些创作思维的手段,只有如此,才能做到"味之者无极,闻之者动心"。然而,与刘勰等理论家不同的是,钟嵘还看到了使用比兴的思维方法可能会给文学作品带来意想

第四章 赋、比、兴：法度准则

不到的弊端。在《诗品序》中，他说："若专用比兴，患在意深，意深则词踬。"这是中国古代文论第一次对比兴的负面作用发表评论，眼光独到、超前。当别人对儒家创造的这一诗学理论极力美化并奉之为不二法门时，钟嵘却持有大胆怀疑、批判的态度，发现了比兴作为语言修辞手段和艺术思维所存在的缺陷。这说明，钟嵘对此是深思熟虑的，是不依循儒家的传统教条的。从他对六义的选择及兴、比、赋的排列顺序中可以看出他的态度。他舍弃了风、雅、颂三义只取兴、比、赋三义，也就舍弃了儒家传统的讽谕、教化，至少不把讽喻、教化作为文学艺术创作的第一义，这是钟嵘对比兴理论的重大贡献。实际上，钟嵘发展并丰富了儒家解诗提出来的这一重要的文艺学、美学范畴，标志着比兴由政治艺术思维向纯粹艺术思维的深刻转变。

刘勰和钟嵘被誉为魏晋南北朝文学批评的双子星座。他们的比兴观点虽然差异很大，但是，有一点是相同的，那就是：他们都从文学艺术创作思维的角度认识到比兴所蕴含的巨大价值，认识到比兴思维的"称名也小，取类也大"和"文已尽而意有余"的思想情感包容性。特别是钟嵘，他能客观地评价比兴思维所存在的缺陷，不受儒家思想的左右，已经具备了纯文学、纯艺术的态度，这是他超越刘勰的地方。这表明，比兴作为一种艺术思维理论上已经成熟。

魏晋南北朝之后，比兴理论进一步深化。唐宋是比兴思维理论发展并深化的重要阶段。这一时期的比兴理论在前人的基础上又提出了自己的独特看法，值得人们深入探讨。皎然说："取象曰比，取义曰兴，义即象下之意。凡禽鱼、草木、人物、名教，万象之中义类同者，尽入比兴。"（《诗式》）比兴思维原本包括象、义两个方面。刘勰虽说"兴之托喻，婉而成章，称名也小，取类也大"，恐怕还是偏重于义的方面，尽管其中包蕴着形象的塑造，但是没有明指。钟嵘的"文已尽而意有余"虽然也有"指事造形，穷情写物"作铺垫，但是依然偏于义。皎然明确将象与义分开，并说"义即象下之意"，即在实际的运用中象、义一体，不失为一种创见。这说明，对比兴思维的形象性的认识已经提到日程。文学艺术如何运用形象的类比以及象征、隐喻表达思想情感已经成为理论家们的自觉的意识。皎然的看法得到后来不少人的赞同与支持。很多人都认识到，在形象创造的过程中，不能以单一的讽谕、教化作为比兴思维的唯一创造目标，应追求创造的多元化。如南宋林景熙云："比，形而切；兴，托而悠。"（《王修竹诗集序》，《霁山文集》卷五）明许学夷说："诗有景象，即风人之兴比也，唐人意在景象之中，故景象可合不可离也。"（《诗源辨体》卷二十七）清乔亿说："景兼比兴，无景非诗。"（《剑溪说诗又编》）他们都言述的是象、义兼容，离开"形而切"

的形象是不能表达真实的思想情感（义）的。形象性是比兴思维理论中不可不特别强调的重要内容。

除了形象性之外，比兴思维理论还重视情感性。南宋李仲蒙则从情景相附的角度论述了比兴，可视为注重情感性的突出的例子。李仲蒙论比是"索物以托情"，论兴是"触物以起情"，抓住物与情的关系。"索物以托情"是情感在先，索物在后，要求寻求适当的物象寄托思想情感；"触物以起情"是由某种外在物象的激发产生情感，引起创作的冲动。这是比兴思维所表现的两种状况，即借助于某一（类）外在的物象表达情感或受某一（类）外在物象的激发产生了创造的欲望。李仲蒙紧紧抓住物与情的关系而不是物与理的关系，这就将比兴思维限定在诗性的范围内，从而深化了比兴思维的理论内容。到宋代，比兴思维作为一种艺术思维方式的理论已基本完善，元明清时期只是进一步充实而已。

比兴思维作为一种艺术思维方式的理论经过了发生、成熟和深化的演变历程，其中，有很多观念值得我们深思、总结。然而，任何有价值的理论都不是空中楼阁，总会有繁多的实践性操作在磨练、验证，不断丰富并充实着这一理论的内涵。比兴思维理论在产生之前和成熟的过程中，创作的实践就一直不断地在进行，这无疑对比兴理论的成熟起着一种策应作用。从"托事于物"到"有感之辞"，从"称名也小，取类也大"到

"文已尽而意有余",从"取象曰比,取义曰兴"到"索物以托情""触物以起情",比兴思维理论织就了一张相对精密的网。中国古代文学便在这种思维的滋养下开花结果,进而,铸成了文学的辉煌。

第五章　感物：创造之源

"感物"是文学艺术创造和审美体验发生的观念，这种观念也产生于先秦，而明确提出这一观念的是《礼记·乐记》，强调音乐的产生都是"感于物而动"的结果。后来，到了陆机、刘勰、钟嵘那里，感物的观念得到了更为详尽、深入的阐发，理论意涵逐渐明晰。陆机说："遵四时以叹逝，瞻万物而思纷。悲落叶于劲秋，喜柔条于芳春。"（《文赋》）刘勰说："诗人感物，联类不穷，流连万象之际，沉吟视听之区；写气图貌，既随物以宛转；属采附声，亦与心而徘徊。"（《文心雕龙·物色》）钟嵘说："气之动物，物之感人，故摇荡性情，形诸舞咏。"（《诗品序》）自然的、社会的诸多之物触动了作家的情感，引发作家的神思，开始了奇妙的创造过程。感物包含着两层关系，一是人感物，二是物感人。人感物，意谓人在创作的过程中起着主导作用，人的思想情感支配着创作的开展；物感人，意谓在创作的过程中，外在之物引发人的情感，进而，支配、引导着创作的方向。这就说明，在感物的过程中，人与物的关系并不是单向度的人支配物、人起着主导作用，同时，物也能引发人的思想情感，支配人的思想情感的发展，人与物呈现为双向互动的关系。这种双向互动由一个"感"字连接，产生了一系列奇妙的生理或心理的现象，在文学艺术创作中发挥着十分重要的作用。

一　感物是创造性的审美感应

就"感物"而言，"感"的核心意义是感应，它是人的生理或心理与自然或社会现实的感发与应和。"感"包含着感动、感悟、感兴、感知等心理和生理的行为，这些行为大都可以转化为文学艺术创作的动力。"物"原本是指自然之物，先秦时期，儒家将之与社会的伦理道德联系在一起。汉代沿袭了先秦时期儒家的观念，在将"物"与社会伦理道德相比附的同时，又将"物"的意指范围进一步扩大为社会现实之物。这样，"物"的自然意蕴便逐渐消失了。也就是说，在先秦两汉时期，自然之物没有独立的审美价值与审美意义。到了魏晋南北朝，随着玄学的兴起，自然开始觉醒，人们才认真审视自然，将自然作为一个具有独立审美意蕴的对象加以对待，比德观念产生了实质性的变化。这时，人们已经认定自然之物具有

第五章 感物：创造之源

独立的审美价值，于是，"物"也由单一的伦理道德之物迅速演化为既包含伦理道德又包含社会现实与自然的复合之物。[①]至此，感物的创作观念才基本完整。

既然"感物"涉及文学艺术创造和审美体验发生的问题，必然绕不开人类早期的意识。因此，"感物"有一定的人类学基础，也有一定的哲学基础。

人类最早的感物观念首先是从认识自然现象开始的。在远古蒙昧时代，由于不能够清楚认识复杂而多变的自然现象，人们常常将之归结为神灵、巫师或其他因素的作用，认为所有的稀奇古怪的自然现象都是神灵、巫师或其他因素所为。这就产生了原始认识论的一种重要方式：互渗。互渗又称为互渗律，这是列维-布留尔提出的一个概念，它指的是"'原始'思维所特有的支配这些表象的关联和前关联的原则"[②]。所谓"关联与前关联的原则"是指不符合今天的逻辑规律、用今天的逻辑难以解释的神秘的思维特征。这种互渗其实就是人与自然的感应，它是古老的天人合一观念在人的思维形态上的表现，奠定了后来所有哲学观念的基础。今天，这种思维形态虽然已

[①] 关于感物意义的演变，参阅李健《魏晋南北朝的感物美学》，中国社会科学出版社2007年版。

[②] [法]列维-布留尔：《原始思维》，丁由译，商务印书馆1994年版，第69页。

非主流，但是，从古老的感物之中，我们仍然能够窥视它的神秘意蕴。

感物"天人合一"的哲学基础，决定它有着独特的思维品格。由于中国古代语言表意以单音词为主，考察感物的思维品格不能忽略"感"字的本原意义。这是因为，中国文字的构成以象形、形声、会意、指事为主，形成独特的表意性，最古老的观念往往通过对与这一观念相关的文字的破解可能窥视其堂奥。

"感"是一种心理、生理或物理的感应，是一种心理、生理或物理的活动方式。它不仅发生在人与人、人与物之间，而且还会发生在物与物之间，形成了精神感应和物质感应这两种基本类型。物质感应发生在物与物之间，它是一种纯粹的物理现象，而精神感应则发生在人与人或人与物之间，它可能是生理的感应，也可能是心理的、审美的感应。精神感应的高级形态是审美感应，这是一种奇妙的现象。任何心理、生理或物理的感应都有一定的缘起，"感"的产生必定有相应事物的激发，它不可能是无缘无故的。只不过，有时"感"的引发媒介含而不露，人们无法清晰地寻求到它的踪迹。

据现存资料记载，"感"字的古体是"咸"，最早出现于《周易》中。《周易》专门有"咸"卦，解释男女之间的相互感应，涉及"感"的原始内涵。《象辞》对《咸》卦有一个

第五章 感物：创造之源

解释："咸，感也。柔上而刚下，二气感应以相与。止而说，男下女，是以'亨利贞，取女吉'也。天地感而万物化生，圣人感人心而天下和平。观其所感，而天地万物之情可见矣。"从这一段释卦中可以明确看出，"感"的本原意义是感应，其中包括人的心理、生理乃至情感的体验。这种感应不仅发生在人与人、人与物之间，而且还发生在物与物之间，并且，能够导致万物的化生和天下的和平。这种感应带有神秘的特征。《周易》从多个方面发挥了"咸"的意义，揭示了它的感应内涵。其一，"咸"的最基本的意义单元是感应。《象辞》释义"《咸》，感也"就已经明确地告诉了这一点。"感"是自然而然的，不是人为的；它可以在同类之间发生，也可以在异类之间发生。在适时的状态下，人与人、人与物、物与物之间都会产生感应。其二，"咸"揭示出感应是刹那的、迅速的。《杂卦传》云："《咸》，速也。"这是说"感"的效果迅速，刹那间就能产生感应。由于"感"是一种神秘的心理、生理或物理感应，这种感应的速度之快，人们根本无法预料。无论是心灵感应还是天地交感，其反应都是异常迅速的。其三，"咸"有触摸、触动之意。这就说明，触动、触摸也是感应形成的一个重要条件，它不是依靠神秘的心理或生理回应而是依靠直接的身体接触产生的感应，是情感表达进而实现心灵感应的一种有效的手段。

《周易》关于"咸"的认识，囊括了感应的精神感应和物质感应两个层面。实际上，"咸"的本原意义是"皆""悉"。《说文解字》释"咸"云："咸，皆也，悉也。从口，从戌。戌，悉也。"表面上看，这似乎离"感"的意义遥远了，很难想象，"皆"和"悉"如何与"感"连在一起。其实，"皆"和"悉"都是在言说"感"的普遍性，意在说明感应是一种自然而普遍的现象。"感"的感应（包括感觉、感发、感悟、感动等）是以自然、和谐及天人合一为基础的。阴阳和合、天人合一是《周易》表达的重要的哲学思想，正是这一思想，造就了感物的思维品质。

　　《周易》和《说文解字》对"感"（咸）的字源上的阐发，比较真切地揭示了感物的思维品格。中国古代哲学是"气"论哲学。古人普遍认为，"气"是世界组成的最基本单位。"气"分为阴、阳两类，阴、阳二气的交合形成感应，化育了万事万物。《周易》运用阴阳感应的观念来解释万事万物的生成，提出了最基本的感应原则。感应不仅发生在诸如阴、阳二气的异类之间，同类之间也会产生感应。其实，这同类和异类之分只是相对的，不是绝对的。对感应来说，同异之分不是本质的区分，不影响感应的发生。同类之中包含异类，如人有男女之别，动物有雌雄之分。因此，"同声相应，同气相求"是囊括异类相感的。

中国古代重视感应，观念中带有浓厚的唯心成分。虽然其中包含着一些迷信的内容，但是，真理性的内涵占据着主导地位。先秦的哲学家们将感应的神秘现象学理化，以阴阳和合、天人合一的世界观去认识世界万象，从而，总结出的同声相应、同气相求、同类相从的原则，对后人理解感物的创作价值有很大的启发。

二 感物的基本类型

中国古代较早将感物与文学艺术创作直接联系起来的是《礼记·乐记》，它从音乐创作的角度第一次明确论述了感物问题。在《礼记·乐记》看来，音乐的产生是人心的创造，而人心之所以能够创造是因为"物"的感发。"感于物"并不仅仅说人心被物感动，人心是被动的，实际兼及了物感人、人感物两个方面。也就是说，在文学艺术创造过程中，心可以被物感，心也可以主动去寻求物，心和物没有主动与被动之别，它们之间就是一种相互感应的关系。因此，"感于物"就是"感物"。

在文学创作的过程中，作家感物的发生确实又存在着主动与被动之别。所谓主动的，是作家先有一种情感或思想的设定，沿着这一情感和设定去寻求寄托这一情感或思想的物象。

所谓被动的,就是作家受外在事物的引发,自然、自由地抒发、表达自己的思想、情感。由于感物的本质是感应,因此,无论是主动还是被动的,都是自然的、自由的。依据作家创作过程中感物所呈现的主动与被动之别,可以将感物的类型分为两种:"感物兴情"和"托物寓情"。[1] 这两种感物类型所表现出来的思维形态不一样,创作内涵也有很大的差别。

(一) 感物兴情

"感物兴情"是物在情先,物激发了作家情感的产生。对于这一问题,刘勰有一个相对完整的阐说。《文心雕龙·诠赋》云:

> 原夫登高之旨,盖睹物兴情。情以物兴,故义必明雅;物以情观,故词必巧丽。

《文心雕龙·物色》云:

> 春秋代序,阴阳惨舒,物色之动,心亦摇焉。盖阳气

---

[1] 此为提炼刘勰"情以物兴""物以情观"(《文心雕龙·诠赋》)与李仲蒙"触物以起情""索物以托情"(胡寅《致李叔易书》引)之意义并以此引申而来。

第五章 感物：创造之源

萌而玄驹步，阴律凝而丹鸟羞，微虫犹或入感，四时之动物深矣。若夫珪璋挺其惠心，英华秀其清气，物色相召，人谁获安？是以献岁发春，悦豫之情畅；滔滔孟夏，郁陶之心凝；天高气清，阴沈之志远；霰雪无垠，矜肃之虑深。岁有其物，物有其容；情以物迁，辞以情发。一叶且或迎意，虫声有足引心。况清风与明月同夜，白日与春林共朝哉！

"睹物兴情"，就是看到了"物"而兴发感情，产生创作冲动。"兴"是兴起、兴发之意，这兴起、兴发是自然的、自由的创作行为，不带有任何刻意与人为的痕迹。"情以物兴"，是说情感由"物"而产生的，是物引发了作家的情感，产生了创作的冲动。因此，才会"岁有其物，物有其容；情以物迁，辞以情发"。当然，这个"情"在被物引发之前在作家的心里已经经过一个漫长的孕育过程。在这一过程中，作家在不断地寻找，试图找到一个恰当的情感突破口。引发情感的这个"物"，可以是自然之物，也可以是社会现实之物，甚至可以是人的身体。"情以物兴"其实就是感物兴情。

"感物兴情"揭示了物与情之间的复杂关系。"物"引发了作家情感的发生，这就说明，这一物与作家的情感存在着十分密切的关系。既然这个"物"可以是自然之物，也可以是社会现实之"物",甚至可以是人的身体,意指非常广泛,这就反衬出情感表现的丰富性,不同的情感可以借助于不同之物表达出来。故而,刘勰说"是以献岁发春,悦豫之情畅;滔滔孟夏,郁陶之心凝;天高气清,阴沉之志远;霰雪无垠,矜肃之虑深"。与此同时,"物"在文学创作中的表现也是非常复杂的、神秘的。引发作家情感的物可以进入文学作品之中,成为文学作品中的一个典型的形象(意象、意境)或情节,有时,它仅仅是一个媒介或者导火索,一旦创作情感或意念生成,它便悄然隐退,甚至在作品中毫无踪迹。这在古代的文学创作中表现十分明显。例如,李白的诗歌《静夜思》,引发诗人情感发生的是月光,月光也进入诗歌之中,成为诗的一个非常美妙的意象。而在宋之问的《渡汉江》一诗中,引发诗人情思的汉江并没有进入诗中,而是悄然消退在诗的情感之中,而且毫无踪迹。

在具体的创作过程中,"感物兴情"还有一种情形必须注意,那就是,"物"对"情"的感发并非这"物"的全部,可能只是这"物"的某一点,或是这"物"此时此地的某种状态。是这"物"的某一点或此时此地的某种状态与人的情感产生了感应,引发了创作冲动。如花草树木的荣枯盛衰,日月星辰的阴晴圆缺,鸟兽虫鱼的生存境况等。而这"物"的某一点或者此时此地的某种状态在情感爆发的一刹那就意指这

"物",实际上,其意指的并非这"物"的全部。如菊花,它的意义很多。它形态很美,是美的物象;它意态恬淡,具有高洁的品格;它开放于秋天,是坚强的象征;它可以入药,具有药用价值等。而陶渊明的"采菊东篱下,悠然见南山"(《饮酒》之五)仅仅选择它意态恬淡的品格特征,菊花成为他寄予自己恬淡宁静心境的物象。因此,"物"对"情"的激发是突然的、短暂的,是非理性的、直觉的,使人瞬间产生了一种冲动,一种欲望,一种体验。然而,这种直觉体验由于是在自然、自由的感应的状态下获得的,往往能够取得创作的成功,与此同时,感物兴情的创作价值也得以彰显。

(二) 托物寓情

"托物寓情"是"情"在"物"先,即先有情感,然后,再去寻求相应的物象去寄托、表达这种情感。中国古代的文学创作是讲究比兴的,追求思想情感表达的含而不露、委婉曲折。如何才能做到这一点?只有借助于自然万物隐喻、寄托。故而,"托物寓情"与"比"的关系比较密切。[①] 在"感物"的创作观念中,比兴是无法摆脱的一个内容,它已经内化为中国古代文学创作的一种重要的艺术思维方式,长期支配着中国

---

① 参见李健《比兴思维研究》,安徽教育出版社2003年版,第202页以下。

古代的文学创作，并显示出巨大的创造价值。

刘勰在《文心雕龙·诠赋》中所提出的"物以情观"，其实就是"托物寓情"。"物以情观"，就是用特定的情感态度去观物，文学作品表现之物是人的思想情感寄托之物，它起着一种象征、隐喻的作用。就"托物寓情"而言，人在长期的生活实践中产生了一种思想、情感，想把这种思想、情感用艺术的形式表达出来，展示给世人。因此，情（意）是先在的，它只有寻求到一个能够展示自己的物象才具有意义。在这种情形下，情感对"物"的寻求并非完全是直觉的，有时还掺杂着理性，带有理性化的倾向。"情"对"物"的寻求过程就是情感理性化的过程。这种情感的理性化也是文学创作不可缺少的。这里要强调，文学创作在很大程度上得益于直觉，并不是说，文学创作仅仅依靠直觉就能够成功。其实，文学创作不能缺少理性的驾驭，缺少理性驾驭的文学创作只能是文学的梦游，不可能具有真正意义的审美价值。

那么，是不是说，在"托物寓情"之中根本就不存在感应？"托物寓情"是"情"寻"物"，但是，整个过程并不刻意，仍然是自然、自由的。因此，"托物寓情"也是一个自然、自由的感应过程。在这一过程中，"情"所寻求之"物"必须是能真切地寄予情感、表达情感之物。也就是说，作家的情感与所托之物只有在真正地发生了感应的情形下才是一体化的，才能真正实现"心"与"物"的水乳交融。同时，"情"所寻找的"物"也往往不是这"物"的全部，在很大程度上，是"物"的某一种特征，某一个性质。这一特征与性质恰好符合表达"情"的需要，使得"情"也本能地认为这"物"就是自己依托的对象。"情"一旦寻求到自己要借助的"物"，就会赋予这"物"以美的特质，使得这"物"成为一个审美的形象。

"感物兴情"与"托物寓情"作为"感物"的两种类型，是"感物"理论丰富性的表征。它们作为具体的、可操作的文学创作手段，在中国古代文学创作中发挥了巨大的作用，即便当下，仍有一定的启发意义。

三 感物的理论价值

"感物"是具有典型中国特色的文学创作理论，这一理论建立在中国古代文学丰富的创作实践的基础之上，不仅引导着中国古代的文学创作，而且，对整个人类的文学创作都具有典范的意义。由于西方与中国古代认识事物的角度不一样，使用的方法也不一样，因此，各种理论的差别非常显著。西方的文学创作理论不讨论感应问题，这并不说明，西方作家在创作过程中不存在感应，西方文学理论和美学讨论比较多的直觉问题其实就包含有感应的内容。只是西方人由于自己的哲学立足点不同看不到而已。感应是人类社会和自然界普遍存在的思维现象。这种思维现象非常神秘，以至于用西方的科学观念无法解释清楚，人们也无法准确认识它的规律，唯其如此，"感物"理论才显得弥足珍贵。

"感物"作为一个创作论的问题，在中国古代得到了空前的关注，而今天的文学理论却很少讨论。这就说明，社会变了，时代变了，人们的思维观念也发生了根本性的转变，逐渐向科学靠近。然而，这其中却存在着一个很大的问题。进入现代以来，由于中国在各个学术领域都基本上全盘接受了西方思想，鄙薄中国古代的思想观念，于是形成一种思想的断裂。在这种情形下，文学创作不研究"感物"是一种正常现象。西方的科学观念讲究规律，而文学创作活动本身就是一个不太容易规律化的过程，尤其文学创作心理和思维不能规律化。这主要因为人是复杂的，作家的心理尤其复杂，不可能用一种固定的模式解释清楚。因此，在重视运用科学的方法研究作家的创作思维的同时，不能忽视中国传统的方法。在当今的文学创作中，"感物"仍然具有重要的价值。这大体上可从以下几个方面进行体认。

其一，"感物"揭示了"心"与"物"之间的复杂关系，有助于人们多元地认识文学创作，不把文学创作简单化、程式化，以便更准确地揭示文学创作的本质。"感物"具有"感物兴情"与"托物寓情"这两种基本类型。在具体操作的过程中，它变化无端，涉及的创作心理和思维问题很多。就一个作家、艺术家而言，为什么这个"物"就能够兴发他的思想情感而别的"物"就不那么有效？比如，陶渊明写菊，李白写月，杜甫写马等。为什么作家要从这个角度去描绘这个"物"、理解这个"物"？这需要从更广阔的层面进行解释。从"感物"的角度认识这些作家的创作心理不失为一种有效的方法。

其二，"感物"揭示了人与"物"的一体化关系，不把"物"看作是无灵魂的僵死之物，平等地对待创作过程中人与"物"，给作家、艺术家准确把握创作的自然、自由提供了理论的依据。无论是自然之物还是社会现实之物原本都是有生命的，作家、艺术家如何对待这些"物"，赋予它们以审美的意义，是创作成功的关键。作家、艺术家要想真正实现创作自由，达到审美的最高境界，必须抛弃功利化的心态，真诚地"感物"，这样才能与物发生感应。感应是"感物"过程中必然呈现的现象。"感物"理论提醒人们正视感应，对涵养作家、艺术家的心性有积极的意义。

其三，"感物"所涉及的创作方法在当下仍有积极意义。伴随着"感物兴情"和"托物寓情"，逐渐形成并完善"比兴""神思""应感""妙悟"等方法，这些方法，在古代文学艺术创作实践中，为实现创作的自然、自由，完善文学艺术作品的审美品格，发挥了积极的作用。今天，重新认识、评估这些方法在"感物"中的运用，在当下的知识背景下充实这些方法的理论内涵，有助于深化今天的文学创作。因此，"感物"作为一种创作理论，其在当下的价值仍不容低估。

第六章 神思：心游万仞

"神思"是中国古代文论的一个重要的创作论范畴，它言说的是文学创作的思维和构思问题，关联着许多重要的理论。中国古代关于"神思"的理论言说主要围绕着这样几个方面展开：第一，"神思"开展过程中的心理准备；第二，"神思"的思维特征；第三，"神思"的开展对于作家个人的修养要求；第四，"神思"的创造价值。还有其他一些问题。可见，"神思"的背后是一个比较大的理论系统，诸多分支理论织成一个相对严密的逻辑之网，指导着中国古代的文学与艺术创作，推动着中国古代的文学与艺术创作步向深入。可以毫不夸张地说，"神思"聚集着文学创作论的精华，突出地代表着中国古代文论的理论成就。

一 神思探源

"神思"一词最早出现在东汉末年建安年间，曹植的《宝刀赋》已经明确使用"神思"这一说法①，在那里，"神思"是指构想出将要打造的宝刀的形状，虽然有那么点虚构的意思，但是，并不具备后来文论中所说的"神思"之意。西晋时期，陆机在自己创作体验的基础上写出《文赋》，深入地讨论了"神思"问题。陆机说"神思"是"精骛八极，心游万仞""观古今于须臾，抚四海于一瞬"，最终达到的结果是"意称物""文逮意"，构建了比较完整的"神思"理论。但是，他却没有运用"神思"概念。可见，中国古代的"神思"理论一直处在自主性的生长过程中，实际上，在陆机那里，"神思"的理论内涵已经基本完善。真正地将"神思"发展成为一个创造性范畴的是刘宋时期的画家和绘画美学家宗炳，他在《画山水序》中明确提出了"神思"这一概念，并且简略地阐发了这一概念，为后来刘勰正式确立这一概念，使之最终成为一个规范的文学理论、美学范畴打下了坚实的基础。

宗炳《画山水序》云：

夫以应目会心为理者，类之成巧，则目亦同应，心亦俱会。应会感神，神超理得，虽复虚求幽岩，何以加焉？

---

① 曹植《宝刀赋》云："规圆景以定环，摅神思而造像。"赵幼文校注：《曹植集校注》，人民文学出版社1984年版，第160页。

第六章　神思：心游万仞

又神本亡端，栖形感类，理入影迹，诚能妙写，亦诚尽矣。于是闲居理气，拂觞鸣琴，披图幽对，坐究四荒，不违天励之藂，独应无人之野。峰岫峣嶷，云林森眇，圣贤暎于绝代，万趣融其神思，余复何为哉？畅神而已，神之所畅，孰有先焉？①

仔细辨析，这里所说的"应会感神，神超理得""神本亡端""万趣融其神思""畅神"诸问题，都关涉一个"神"字。其实，诸"神"的意义是有差别的，或指人的思维，或指人的精神，或兼而有之，无论思维与精神，都涉及人的奇妙的心理活动。归根到底，这是一个思维层面的问题。在宗炳看来，在创作构思的过程中，人的思维是飘忽不定的，所以说"神本亡端"；"应目会心"即"应会感神"，神思飞扬，即实现了"神超理得"；这是一个"畅神"的过程。这一过程，人的思维不受任何时间和空间的限制，所有的物象、情趣、理等都在"神思"的弥缝之中，借助于"神思"，艺术家完成了美的艺术创造。这里的"神思"已经是意涵丰富的文学理论、美学范畴，宗炳最大的贡献就是发掘出"神思"这一概念，

---

① 俞剑华编著：《中国古代画论类编》上，人民美术出版社1998年版，第583—584页。

并在陆机的基础上对它的内涵进行了简要的阐发,从绘画的角度最早运用它来解释神秘的艺术创作。然而,"神思"理论内涵的最终成型和完善还应归功于陆机和刘勰。

刘勰对"神思"的阐发具有典范的文学理论和美学意义,《文心雕龙》特列《神思》一篇,作为创作论的开篇,详加论析。他首先引用《庄子·让王》的话,形象地告诉人们什么是"神思":"古人云:'形在江海之上,心存魏阙之下。'神思之谓也。"《庄子·让王》的话是一个比喻,其原本意图是讨论重生轻利的问题。刘勰抛弃了这一主导性的观念,将言说的主旨放在江海和魏阙的时空距离上,借以说明神思的超越时空的特征。这与陆机的"精骛八极,心游万仞"是遥相呼应的。与此同时,刘勰还用"思接千载""视通万里""吟咏之间,吐纳珠玉之声;眉睫之前,卷舒风云之色"相充实,"神思"的特征、作用便更为明朗了,其创造价值得以进一步揭示。

二 神思开展的心理前提

"神思"是一种思维活动,也是一种心理活动。这一活动的开展对作家、艺术家的心理有相应的要求,无论陆机、宗炳还是刘勰,几乎都异口同声地说,那就是"虚静"。陆机描述

第六章 神思：心游万仞

神思开展的时候，首先要求作家"伫中区以玄览""收视反听""罄澄心以凝思"（《文赋》），说的都是虚静。"玄览"同于览冥，就是居玄以览物，就是说，在观览事物时要超越现实，保持着一种无功利的心态。"收视反听"就是要求把视觉和听觉都收回来，做到不视不听。不视不听，心就不会受到世俗的熏染，就不会做出不符合审美的判断。"罄澄心以凝思"是澄净自己的心灵以便凝神静思。这些都是虚静的表现。虚静是老庄所倡导的一种人生修养方式，同时也是一种入思方式，其内在的义理是要求人在修养时宜保持一种无功利的心境，用无功利的入思方法实现对人生体验和审美创造的超越。陆机不厌其烦地说"神思"的开展离不开虚静，可见，虚静在"神思"开展的过程中的重要性。他创造性地把虚静运用于"神思"的思维之中，就是因为他以自己亲身的创作体验体悟到虚静的价值。"神思"的开展必须实现彻底的无功利，只有这样才能进入真正的审美创造。在浮躁的心境下是无法进行"神思"的。

宗炳作为一个画家和绘画美学家也看到了虚静的心境之于"神思"开展的意义。在他看来，"神思"开展之前必须培养虚静的心态，这是进入真正审美创造的前提。因此，他强调"闲居理气，拂觞鸣琴，披图幽对，坐究四荒，不违天励之藂，独应无人之野"（《画山水序》）。保持心境的闲暇，梳理内在之气，饮酒弹琴是平静心境的良法。这是在着意培育虚静的心态。一旦这种心态形成，艺术家便进入了真正的审美创造阶段，"神思"便开始了。可见，绘画也离不开虚静，离不开"神思"。

虚静是"神思"开展的心理前提，刘勰的看法更为明确、直接。《文心雕龙·神思》云："文之思也，其神远矣，故寂然凝虑，思接千载；悄焉动容，视通万里；吟咏之间，吐纳珠玉之声；眉睫之前，卷舒风云之色；其思理之致乎？"又说："是以陶钧文思，贵在虚静，疏瀹五藏，澡雪精神。""神思"的开展，最为重要的步骤是培养并保持内心的虚静。刘勰说，那是为了"疏瀹五藏，澡雪精神"，使作家的五脏六腑都能够纯洁，不染任何功利，以便实现创作和审美的纯真。也就是说，虚静使作家、艺术家的创作达到了完全超功利、审美的状态。这是对陆机的"伫中区以玄览""收视反听""罄澄心以凝思"和宗炳"闲居理气"的虚静思想的延伸。无论是陆机、宗炳还是刘勰，他们都认识到，作家、艺术家在进行"神思"的过程中必须首先实现虚静，足以证明虚静是"神思"开展不可缺少的心理前提。有了这个心理前提，整个创作的过程才会真纯而不带有任何功利的企图，才能创作出优秀的文学艺术作品。因此，虚静自然而然地就成为"神思"的一个重要的内容。

第六章 神思：心游万仞

三 神思的思维特征

"神思"作为一种艺术思维方式，它的表现特征是超越时间、空间。这一点，陆机、刘勰论述得非常明确。陆机说，"神思"的特征是"精骛八极，心游万仞""浮天渊于安流，濯下泉而潜浸""观古今于须臾，抚四海于一瞬"；刘勰说，神思的特征是"思接千载""视通万里""神与物游"，都是在说神思超越时间、空间。这是对"神思"的直观性描述。"神思"的这一特征的存在，充分证明它是自由的，不受限制的，唯其自由、不受限制，才能够充分调动作家、艺术家的艺术创造才能，创作出神妙的文学艺术作品。

陆机对"神思"特征的描述是建立在他自己的创作体验基础之上的。他本人是一个诗人、文学家，对创作有很深的体悟。他开创了事类诗，因"才高辞赡，举体华美"（钟嵘《诗品》），受到时人的推重，成为一个时代的典范。"精骛八极，心游万仞""浮天渊于安流，濯下泉而潜浸""观古今于须臾，抚四海于一瞬"准确地把握了"神思"超越时空的特点，展示了"神思"的活跃性。"神思"能升天入地去寻求创作所需要的物象，能在须臾之间游历古今，能在一瞬之间抚遍四海，主要是人的自由思维的驱动。这种驱动的力量非常庞大。在描述"神思"超时空特征的同时,陆机还描述了在"神思"的作用下情思由"瞳昽"(朦胧)到清晰的过程,描述了物象"昭晰"呈现的情形。语言、思想和情感都在密切配合着神思,上演着创作艰涩和流畅的故事,倾泻着创造的欢乐和喜悦。"于是,沉辞怫悦,若游鱼衔钩而出重渊之深;浮藻联翩,若翰鸟缨缴而坠曾云之峻。收百事之阙文,采千载之遗韵,谢朝华于已披,启夕秀于未振,观古今于须臾,抚四海于一瞬。"(《文赋》)"神思"的创造性通过其超时空的创造被传神地呈现出来,理论价值得到进一步凸显。

刘勰的"神思"理论接续陆机,是在陆机基础上的进一步完善。他以"形在江海"而"心存魏阙"演绎神思,表达的就是对"神思"的时空认识。在他的意识中,时空显然是"神思"运行过程中不能缺少的内容。正是在这一前提下,刘勰展开了他关于神思的时空讨论:

文之思也,其神远矣,故寂然凝虑,思接千载;悄焉动容,视通万里;吟咏之间,吐纳珠玉之声;眉睫之前,卷舒风云之色;其思理之致乎?故思理为妙,神与物游。神居胸臆,而志气统其关键;物沿耳目,而辞令管其枢机。枢机方通,则物无隐貌;关键将塞,则神有遁心。(《文心雕龙·神思》)

第六章 神思：心游万仞

"思接千载"是"神思"的时间体验。在"神思"的方寸之中，千年万年又算得了什么，它自然能弥缝时间的流逝所带来的遗憾，让时间重新流转，为我所用。在这里，"千载"这一时间概念没有任何意义，有意义的是人们对已经流逝了的"千载"所产生的情思与叙事的追忆，所谓"发思古之幽情"是矣。"视通万里"是"神思"的空间体验，其言述的是"神思"距离上的无碍。在"神思"的状态中，人变得耳聪目明，能听到万里以外的声音，能看到万里以外的物象。"千载"和"万里"，这是多么巨大的时空意象！但是，在"神思"之中，它们却变得是这么渺小，足见"神思"的融合力之大。"神思"的时空意义在对巨大时空的浓缩和融合中凸显了，神化了，显示了其自身存在的价值。

时空均是无限的，只有当它们面对现在和当下时才有意义。时间是对现在和当下的确定，空间必定要适应时间，服从当下的需要，人的思想和精神在时间中才会放射出光彩。"神思"作为一种艺术思维活动，它是衡量作家、艺术家创作水准的尺度，是作家、艺术家对自己创造精神的测量，也是对作家、艺术家驾驭时间和空间能力的测量。刘勰的"神思论"就面对的是这么一个主观的精神，这个主观精神，表面上看是死寂的，其内在又是极其活跃的。从刘勰的描述性的文字中，人们处处都能够看到人的主观精神所做出的剧烈反映，那不是精神的死寂,而是精神剥离时空时的痛苦或欢欣。

刘勰关于精神死寂的表面追溯是"神思"时空意义的深化,这种精神死寂缘于老庄的虚静思想。刘勰追溯的本质不是显示作家、艺术家在进行文学艺术创作时的心如死灰,恰恰相反,是为了展示心对时空的熔铸能量。

无论陆机还是刘勰,他们对"神思"的时空考察都注意到时空的虚拟性。这不同于一般的时空观念。所谓虚拟性时空有两个意旨:一是指"神思"开展是在超越现实的时空中进行的,二是作家、艺术家所创造的形象是一个时空错乱的形象。也就是说,作家、艺术家所进入的时空是虚拟的,在这个虚拟的时空中,尽管所有的物象都是现实中存在的,但却不是现实的,而是作家、艺术家的凭空虚构。在《文赋》中,陆机曾经说过:"课虚无以责有,叩寂寞而求音。""虚无"和"寂寞"都是一个虚拟的时空世界,在这个虚拟的时空世界中,作家、艺术家竭力施展自己的创作才能,"含绵邈于尺素,吐滂沛乎寸心"。在论述艺术形象的创造时,陆机还认识到"离方而遁圆"的问题。所谓"离方而遁圆"就是艺术虚构,在一个虚拟的时空中融合诸多现实的和非现实的因素创造出符合作家、艺术家审美趣味的艺术形象。刘勰似乎更深入一点,在谈到"神思"的时空虚拟性时,他说道:"规矩虚位,刻镂无形,登山则情满于山,观海则意溢于海。"(《文心雕龙·神思》）"规矩虚位，刻镂无形"，就是指作家、艺术家在一个虚拟的时空世界中所发挥的创造，尽管这种时空是虚拟的，作家、艺术家仍然注入了强烈的情感因素，把在虚拟时空中所体验到的种种物象全都打上情感的印痕，这便是"登山则情满于山，观海则意溢于海"。这一点是刘勰对"神思"理论的创造性发展。

四 神思的理论意义

"神思"是驰神运思，又是神妙之思。它是一种创造性的艺术思维方式。无论陆机、宗炳还是刘勰对它的创造性认识都非常确定，都高度肯定了它在文学艺术创造中所发挥的作用。陆机认为，"神思"的创造性价值主要体现在创新方面，所谓"收百事之阙文，采千载之遗韵，谢朝华于已披，启夕秀于未振"说的就是这层意思。宗炳认为，"神思"的创造意义体现在它能融合万趣上，"万趣融其神思"，就是使艺术有趣，散发出迷人的魅力。刘勰说，"神思"不仅能使作家"吐纳珠玉之声"，而且，还能够"规矩虚位，刻镂无形"，也就是说，文学从无到有，展示它迷人的魅力，这都是"神思"的功劳。"神思"的创造价值于此可见一斑。除此之外，"神思"的理论意义还体现在以下几个方面。

其一,"神思"的产生是情感主导的,情感规定着"神思"发展的方向。"神思"首先由情感点燃、引导,并在情感的支配下运行,整个过程其实就是情感的运动过程,"登山则情满于山,观海则意溢于海"的言说意图在此,这也是"神思"独具的创造性潜质。这说明,"神思"在古人的思想观念中并不是一种纯粹理性的思维活动,而是一种情感的运动。这种认识将"神思"牢牢地固定在文学艺术创作的神坛上,使之最终成为中国古代原创性的创作思维的范畴。

其二,"神思"是一种无法用语言言说的心理事实。古代的文学艺术家和理论家对这一特征的认识最为完整。从司马相如的"赋家之心,包括宇宙,总揽人物,斯乃得之于内,不可得其传也"(《答盛览问作赋》)[①],到陆机的"是盖轮扁所不得言,亦非华说之所能精"(《文赋》),再到刘勰的"至于思表纤旨,文外曲致,言所不追,笔固知止"(《文心雕龙·神思》),都说"神思"的精义妙理不能够言说。但是,这种不能言说主要是指心理层面,并非说这种现象不可认识。就具体作家、艺术家而言,每个人的思维细节都是不可言说的,不仅别人不可言说,即使作家、艺术家本人也不能言说。在创作

---

① 金国永校注:《司马相如集校注》,上海古籍出版社1993年版,第223页。

第六章 神思：心游万仞

过程中，为什么会出现妙笔生花的现象？为什么这个作家、艺术家能达到的状态而其他人难以达到？这是一种经验现象。这种经验是属于个体的。正因为其属于个体，所以才不可言说。正因为其属于个体，才保持了作家、艺术家创作的独创性。文学艺术创作作为一种经验只能表现在文学艺术作品中，在作品中展露蛛丝，想具体而微地解释这种经验确实很困难。因此，古人对"神思"的直观感觉确实准确，它从另一个方面说明，文学艺术创作是不可重复性的，唯其不可重复，才是独特的。

其三，"神思"调和了心与物的关系，实现了艺术表现的天人合一。"神思"和物象的关系展示的是思维和心理的问题，它内蕴的是物象对情感的激发、对思维的激发，人的情感和思维对物象的寻求和选择，以及最终在文学艺术作品中的呈现。古人是将物也作为一个主体来加以对待的，"神思"和物象的关系不是主体和客体之间的关系，而是一种天人（主体间）关系。陆机的"遵四时以叹逝，瞻万物而思纷；悲落叶于劲秋，喜柔条于芳春"（《文赋》），说的就是这种关系。人的情感受外在物象变化的感发，与外在自然物象产生了感应，这缘于人对自然和现实的深刻体验。人感物，物也感人。刘勰说得就更为清楚了。在《文心雕龙·物色》中，他这样说："春秋代序，阴阳惨舒，物色之动，心亦摇焉。盖阳气萌而玄驹步，阴律凝而丹鸟羞，微虫犹或入感，四时之动物深矣。"

"是以献岁发春,悦豫之情畅;滔滔孟夏,郁陶之心凝;天高气清,阴沈之志远;霰雪无垠,矜肃之虑深。岁有其物,物有其容;情以物迁,辞以情发。"外物之所以能够引导"神思"的开展,按照格式塔心理学的观点,是因为外在物象具有与人心相似的结构,它本身形成了一个张力场,外在物象也是一个主体,它本身就具有激发作家、艺术家产生创作冲动的素质。这样,物的主导地位无可置疑。"神思"所蕴含的心物关系深深地打上了中国传统思维的印记。

第七章 应感：来去无止

"应感"是应物生感，它是文学艺术创作中的感发现象，是文学艺术情思突然到来并使文学艺术创作迅速完成并臻于完美的创作现象。这种现象，由于它的特异性和突发性以及表现的无规律性，使得作家、艺术家无所适从，很难捕捉和把握。但是，又无不承认它在文学艺术创作中所发挥的巨大作用。"应感"作为中国古代文论的一种独特的创造理论，产生于先秦，它的理论基础是感应。《周易》最早提出感应问题。这里的感应是指天人合一观念的原初状态，它指的是人与人、人与物或物与物之间的神秘而自然的应和，其中包含着"应感"的最基本的理论内容，后来，又逐渐衍生出古典艺术的感物理论。到了汉代，随着谶纬迷信的兴起，感应理论也发生了相应的变化。人与人、人与物、物与物之间的感应被理解为一种神秘的、神灵左右着的活动，董仲舒的"天人感应"理论应时而生。这种理论尽管笼罩着一层迷信的光环，但是，其内在仍包含着精粹的内容。应感作为一种完善的文学艺术创作理论，是陆机在《文赋》中提出的。这种理论既不同于感应说，又不同于感物说，而是融合了二者在文学艺术创作中的特征并加以重新阐发而成的一种新的理论，具有原创性。这是一种具有民族特色的创作理论。

一 "来不可遏，去不可止"：应感的神秘性

在中国古代文论史上，陆机第一次完整而系统地阐发了"应感"理论。他论述的经典性是前无古人后无来者的，及至今天，其丰富的理论内涵仍然发掘不尽。

《文赋》云：

> 若夫应感之会，通塞之纪，来不可遏，去不可止。藏若景灭，行犹响起。方天机之骏利，夫何纷而不理。思风发于胸臆，言泉流于唇齿。纷葳蕤以馺遝，唯毫素之所拟。文徽徽以溢目，音泠泠而盈耳。及其六情底滞，志往神留，兀若枯木，豁若涸流。揽营魂以探赜，顿精爽而自求。理翳翳而愈伏，思乙乙其若抽。是以或竭情而多悔，或率意而寡尤。虽兹物之在我，非余力之所勠。故时抚空怀而自惋，吾未识夫开塞之所由。

第七章 应感：来去无止

　　这是对"应感"的神秘性的描述，同时，也是对"应感"的创造性的描述。在这里，陆机直观性地讨论了"应感"来去的两种状况。当"应感"来临之时，任何纷乱的思绪都能够理出头绪。思绪像风一样从胸中吹出，非常迅疾；语言像泉水一样从唇齿中流出，十分通畅。林林总总的物象纷至沓来，使得笔很难把它们记录下来。眼前的物象和耳边的声音原本都是虚幻的，却又像真的一样。当"应感"消逝，万物死寂，情感阻滞，人的思绪和神情依然停留在对"应感"来临时情感欢欣状态的神往之中，但是，无论如何也寻找不回来那曾经令人惊心动魄的想象。这时，人处于极度的精神困惑之中，弄不清楚这种现象到底是一种什么力量在推动。

　　陆机描述应感现象，用"来不可遏，去不可止"进行概括，这说明，"应感"是极度自由的思维现象。因为极度自由，所以充满神秘性。"应感"的自由性和神秘性体现在，它的来去不可人为操纵。人无法预见它的到来，也无法预见它的离去。但是，"应感"的每一次出入都给文学艺术创作带来奇妙的结果，它能够使作家、艺术家完成一次非凡的文学艺术创造，创作出精妙的文学艺术作品，因此，它是一种奇妙的精神现象。这种现象的存在告诉人们，作家、艺术家的思维和内在精神运动的轨迹不容易把握，很多精神现象是难以认识的。然而，就是这些难以认识的精神现象往往作用很大，具有无可比拟的创造性。"应感"就是具有创造性的精神现象之一。

"来不可遏，去不可止"上承中国传统文化，是文学艺术创作神性存在的表征。它是对万事万物神秘性的困惑，而这些困惑将长期存在文学艺术的创作过程中，是文学艺术创作必须面对的。文学艺术创作是一种奇妙的心理过程，这种过程不可能像科学程序那样，有固定的运行轨迹，有一定的规律可循，它本身是神秘的，是不可能给予定量分析的。同时，文学艺术创作又综合万事万物，万事万物的神秘性不时会在创作中凸显，它们会适应"应感"的需求呈现。由于"应感"是神秘的，它的出现具有突发性，它的消逝也具有突发性，使人很难做好各方面的精神准备。但是，它又有无与伦比的创造性。"应感"一经出现，便会展示它巨大的创造价值。"来不可遏，去不可止"就是对"应感"突发性、神秘性和创造性的描述，这种描述是客观的、真实的，并不含有对神性崇拜的因素。

二 "不以力构"：应感的自然性

"应感"能推动作家、艺术家的创作达到一种神性的境界，具有突发性和创造性，是人力无法控制的。它的到来没有时间的约定，只能静静地等待。对"应感"的这种表现，梁萧子显和刘孝绰从另一个角度发表了他们的看法，他们发现了

第七章 应感：来去无止

"应感"的自然性的特征。萧子显以自己的亲身创作实践获得了一些真切的体验，他说："每有制作，特寡思功，须其自来，不以力构。"①（《自序》）刘孝绰也看到文人创作思若有神的情状，他说："若夫天文以烂然为美，人文以焕乎为贵，是以隆儒雅之大成，游雕虫之小道。握牍持笔，思若有神，曾不斯须，风飞雷起。至于宴游西园，祖道清洛，三百载赋，该极连篇；七言致拟，见诸文学；博奕兴咏，并命从游；书令视草，铭非润色；七穷炜烨之说，表极远大之才。皆喻不备体，词不掩义，因宜适变，曲有文情。"②（《昭明太子集序》）这里的"不以力构"和"风飞雷起"貌似对"应感"的发生和运行的两种状况描述，实质上是对"应感"的自然性的阐发。

"不以力构"讨论的焦点是，创作的发生不是作家的刻意所为，而是作家自然而然的行为。这种行为是如何发生的？按照刘孝绰的认识是文思主动推动的。古代很多文学家和理论家都认识到，创作的开展往往不是作家的主观愿望能够支配的，其中有一种神秘的力量。创作开展的过程不是作家想达到一种什么情状就能达到一种什么情状，整个过程经常会出现一些神秘的力量左右着作家的创作。这种神秘的力量是难以认识的。

---

① 郁沅、张明高编选：《魏晋南北朝文论选》，人民文学出版社1999年版，第342页。
② 同上书，第345页。

究竟它们是一种什么东西,至今也说不清道不白。由于信仰的原因,中国古代又不把它看作是神启的结果,而是朦胧地视之为作家自身的素质所起的作用,有时,也借助于神性相比拟。如,陆机说"应感"的到来是人的"天机"骏利,这"天机"仿佛是上天的操纵,神仙的操纵;钟嵘说"应感"到来时仿佛"语有神助",是神仙代言;刘孝绰说"应感"到来所产生的思维敏捷的现象,好像"思若有神";皎然说"应感"的到来是"宛如神助"。但是,这些并不是真诚地认为"应感"的到来是神仙的帮助。在古人的意识中,"应感"是人为的,不是神启的。因此,刘勰强调养气,似乎隐隐感觉到"应感"是可以涵养的。

"应感"的外在表现促成了创作的率真,那是文学艺术创作的一种不经意的状态。这种率真,刘勰称之为"从容率情"。在《文心雕龙·养气》篇中,他集中笔墨讨论了这个问题。他首先讨论的是"率志委和"。他说:"率志委和,则理融而情畅;钻砺过分,则神疲而气衰;此性情之数也。"刘勰在这里讨论的是创作的两种状况:一种是"应感"到来时的状况,这种状况是"率志委和";另一种是"应感"尚没有产生时的一般创作状况,这种状况是"神疲气衰"。作家处于"率志委和"的状态中,不须劳神,自然而然地就能达到一种较高的创作境界;而"神疲气衰"则是"应感"没有光临的

第七章 应感：来去无止

情景，这时，作家尽管劳神苦思，但是，创作结果却往往不尽如人意。刘勰显然是推崇"应感"到来时的创作情状的。因为，它能够使作家的精神振奋，创作出成功的文学作品。刘勰毫不隐晦地说，作家的创作不可盲目，应该等待并依靠"应感"的到来。当"神之方昏"之时，是创作的低谷时期，这时，要遵循"烦而即舍，务使壅滞"的原则，也就是说，不要强迫自己做不应该做的事情，宜保持一种自然本真的创作状态。只有当应感来临之时，才洒翰和墨，进入创作。"应感"会促使作家自觉地进行创作，自觉的创作就是自然的状态。刘勰还对涵养"应感"发表了自己独特的看法，他认为，要想使"应感"经常光临，必须养气，亦即涵养作家敏锐的审美感应和直觉。养气对每个人的要求都不相同，有的人天资聪颖，故而气盛；有的人天资愚钝，故而气衰。同时，刘勰还看到了养气与人所处的不同的年龄段有关。"凡童少鉴浅而志盛，长艾识坚而气衰；志盛者思锐以胜劳，气衰者虑密以伤神：斯实中人之常资，岁时之大较也。"（《文心雕龙·养气》）

"应感"的到来虽然不是人力所能控制的，但是，还是可以涵养的，通过养气能够促成"应感"频繁来临。然而，究竟"应感"是一种什么东西？人们还是普遍感到困惑。通常，"应感"是以轰轰烈烈的形式呈现于作家、艺术家的内心的。它在轰轰烈烈之中所展现出来的创造性，每一个有创作体验的作家、艺术家都能直觉感悟。因此，刘孝绰用"风飞雷起"来加以形容，可谓抓住了"应感"的一个表征，这就是迅疾性。对于"应感"的轰轰烈烈，宋代以后，人们往往以风水相遭的激荡情形来加以形象的描绘。这是从宋初的田锡开始的。田锡以情合于性、性合于道的理论来规范"应感"，最终将"应感"置于风水相遭的比喻中。在《贻宋小著书》中，他说："若使援毫之际，属思之时，以情合于性，以性合于道，如天地生于道也，万物生于天地也，随其运用而得性，任其方圆而寓理，亦犹微风动水，了无定文，太虚浮云，莫有常态。"① "应感"就是情合于性，性合于道。只有在"应感"的状态中，才能"随其运用而得性，任其方圆而寓理"。同时，他对"应感"的理解在比较准确地抓住了"应感"的特征的同时还有新的发现，他说，"应感"的表现就像风水相遭和太空浮云一样"了无定文""莫有常态"。"应感"的难以把握不仅因为"了无定文"，而且因为"莫有常态"，似乎比陆机等人的说法进了一步。此后，用风水相遭来比喻应感自然状态的还有苏洵。在《仲兄字文甫说》中，苏洵说把风水相遭的林林总总描绘得极为形象生动："纡余委地，蜿蜒沦涟，

---

① （宋）田锡：《贻宋小著书》，《咸平集》卷二，《文渊阁四库全书》集部二十四，台湾商务印书馆刊行。

安而相推，怒而相凌，舒而如云，蹙而如鳞，疾而如驰，徐而如徊，揖让旋辟，相顾而不前。"① 其实，这都是在渲染"应感"到来时的气势。"应感"的到来是轰轰烈烈的，但是，这种轰轰烈烈只有具有丰富创作经验的作家、艺术家才能感知。一切都在貌似平静的心中发生，不露任何痕迹。

三 应感与生活积累

"应感"虽然是神秘的、自然的，但是，这并不意谓"应感"的发生是无缘无故的，它与作家、艺术家的社会现实生活有一定的关系。如果没有深厚的社会现实生活体验，没有丰厚的生活的积累，"应感"的产生是不可能的。因此，在"不以力构""风飞雷起"的背后，隐藏的是作家、艺术家的苦苦寻觅和追求。这一点，刘勰在他的《文心雕龙·养气》中有一定的认识。养气是对人的修养的要求，中国古代各家各派都有自己的养气要求，这些要求与各家各派的政治、哲学、伦理等主张紧密关联。《文心雕龙》融合儒、道、释等各家学说，养气的要求显得更为宽泛。在刘勰看来，养气的主要途径是靠学习、积累学识，学习的目的是积累"应感"爆发的能量。

---

① 陶英秋编选：《宋金元文论选》，人民文学出版社1999年版，第111页。

也就是说，刘勰已经认识到学习对养气的重要性。在《文心雕龙·神思》中，他专门讨论了学习与神思的关系："积学以储宝，酌理以富才，研阅以穷照，驯致以绎辞。"可见，尽管"应感"的真相人们弄不清楚，但是，它的发生缘起人们大致还是能摸得清楚的。聪颖的天资加上勤奋的学习，"应感"就会经常光顾，创作就能够达到"不以力构"的状态。

积之在平日，得之在偶然。对于"应感"来说，这个论断依然有效。在很大程度上，作家、艺术家"应感"的来临得益于作家、艺术家本人对生活的直接而细腻的体验。陆游在一首诗中曾经说过他作诗的体会，可以参照。

> 我昔学诗未有得，残余未免从人乞。力孱气馁心自知，妄取虚名有惭色。四十从戎驻南郑，酣宴军中夜连日。打球筑场一千步，阅马列厩三万匹。华灯纵博声满楼，宝钗艳舞光照席。琵琶弦急冰雹乱，羯鼓手匀风雨疾。诗家三昧忽见前，屈贾在眼元历历。天机云锦用在我，剪裁妙处非刀尺。世间才杰固不乏，秋毫未合天地隔。放翁老死何足论，广陵散绝还堪惜。（《九月一日夜读诗稿有感，走笔作歌》）

在经过一场惊心动魄的人生体验后，陆游才感悟到作诗的真谛。所谓的"天机云锦用在我,剪裁妙处非刀尺",就是说,作家、艺术家的"应感"并不能超越生活,它也是在生活的体验中产生的。同时,作家、艺术家的这种体验还来自社会现实生活和书本知识,是对社会现实生活和书本知识的顿悟。社会现实生活和书本知识在应感到来的时候,仿佛被应感的轰轰烈烈淹没了,其实,在作家、艺术家的内心深处,并没有忘记这一无止境的追索过程,因此,很多人仍然记录下了这方面的感受。这是研究"应感"不应忽视的。

第八章 物化：超越心灵

"物化"作为一种独特的审美创造现象，古人很早就有所觉察。它发端于老子哲学，成熟于庄子哲学。在古代，很多文学理论家、美学家从具体的文艺创作实际着手，描述物化的现象，发掘其中所蕴含的深刻的理论意蕴，给后世以很多启迪。"物化"所昭示的文艺创造主客体浑一的忘我的精神境界，表现了中国古代审美创造理论的巨大价值。"物化"类似于西方的审美移情理论，但是，又绝然不同于西方美学的审美移情理论，具有自己的理论品格。在建设有中国特色文学理论、美学话语体系的今天，"物化"理论的精深意涵值得认真研究、总结。

一 物化：万物浑融齐一

就"物化"这一概念本身来说，明确提出这一概念的是

第八章 物化：超越心灵

庄子。《庄子·齐物论》曾经讲述了一则庄周梦蝶的故事，正是在这个故事中，"物化"概念出现了，此后，它便作为一种审美创造理论进入人们的视野，其理论意涵也得到了初步阐发。

> 昔者庄周梦为胡蝶，栩栩然胡蝶也，自喻适志与！不知周也。俄然觉，则蘧蘧然周也。不知周之梦为胡蝶与，胡蝶之梦为周与？周与胡蝶，则必有分矣。此之谓"物化"。

庄周梦蝶是一个美丽的故事。表面上看，这个故事有些荒唐，人和蝴蝶怎么能相提并论？可是，庄子却这样做了。他演说人和蝴蝶之梦，其实，是借助这个梦来演说玄妙的哲理。在这个故事中，庄子本意是要告诉人们"齐万物""等生死"的宇宙观所具有的真理性，然而，人们在理解、追问这个故事时，却有意或无意触及到庄子独特的入思方式。物化俨然成为一个审美创造的问题。它不仅是一种审美创造的境界，也是一种审美创造的入思方式。

庄子所说的"物化"究竟是什么？前人的理解可谓仁者见仁，智者见智。郭象在《庄子注》中解释为"死生之变"，成玄英疏为"物理之变化"。① "死生之变"是因为梦蝶的故事讲述了生灭交谢的道理,生生死死,天地之常,万物之理,因此,周可为蝶,蝶可为周。生死的变化就是物理的变化,这就是成玄英所说的"物理之变化"。而在今人陈鼓应看来,物化是"物我界限之消解,万物融化为一"。② 陈说最切合庄子本意。庄子是在"齐万物""等生死"的题旨下讨论物化问题的,物化不仅仅是"物理之变化",而是这种变化所促成的万物浑融齐一。联系庄子的思想本源,这里特别强调的一点是,浑融万物的操纵者应该是人,而不应是物。

二 心斋:物化的心理机制

庄子在言说"物化"的时候,是将它和心斋联系在一起的。心斋是心体的斋戒。作为庄子思想的一个重要内容,它是虚静理论的支柱。心斋的核心是"去彼知觉,取此虚柔",解构所有的感性和理性,崇尚纯然的无功利,故而,与忘我的思想境界相通。从实质而言,心斋讨论的是人生修养问题,但是,它对文学艺术创作有很大的启发。在文学艺术创作中,缺

---

① (晋)郭象注,(唐)成玄英疏:《南华真经注疏》,中华书局1998年版,第58—59页。
② 陈鼓应:《庄子今注今译》,中华书局1999年版,第29页。

第八章 物化：超越心灵

少心斋的非功利无待，缺少心斋的虚柔的心境，很难成就大业。这样，认识与探讨心斋的心理机制就显得尤其重要了。它是通向纯粹艺术审美创造的不二法门。

庄子用寓言的形式，生动形象地阐释了心斋的意义。《庄子·达生》云：

> 梓庆削木为鐻，鐻成，见者惊犹鬼神。鲁侯见而问焉，曰："子何术以为焉？"对曰："臣工人，何术之有！虽然，有一焉。臣将为鐻，未尝敢以耗气也，必斋以静心。斋三日，而不敢怀庆赏爵禄；斋五日，不敢怀非誉巧拙；斋七日，辄然忘吾有四肢形体也。当是时也，无公朝，其巧专而外滑消；然后入山林，观天性；形躯至矣，然后成见鐻，然后加手焉；不然则已。则以天合天，器之所以疑神者，其由是与！"

我们姑且把梓庆削木为鐻的行为视之为艺术创造的行为。庄子向来把艺术看作是庄严神圣的事业，"斋以静心"就是一种近乎宗教式的膜拜仪式。在心斋的过程中，养气是必需的。养气的目的是保持心境的绝对虚空，所以，庄子说"未尝敢以耗气也"。艺术创造离不开心斋，它不可能须臾成功，必须假以时日。每过一日，人的精神境界都会提高一个层次。因此，庄子说，"斋三日，而不敢怀庆赏爵禄"，这说明斋戒者的内心仍有非分之想；"斋五日，不敢怀非誉巧拙"，这说明，斋戒者仍没有达到内心的清纯；"斋七日，辄然忘吾有四肢形体也"，连自己的形体都忘却了，还有什么不能忘却的呢？这时，才真正达到内心的清明。只有实现真正的忘我，才能创作出"惊犹鬼神"的作品。

庄子这一思想的神韵在后世广泛传播，《西京杂记》所记载的司马相如为《上林》《子虚》赋时所表现的"意思萧散"的状态，陆机在讨论神思时所描述的"收视反听，耽思旁讯"的心理，刘勰言说神思时所强调的"疏瀹五脏，澡雪精神"，都是心斋。从这里可以看出，心斋作为创作的心理机制，并不是物化的专利，而是中国古代审美创造的一个总的心理前提。

心斋作为物化的心理机制具有如下几个理论特征：

其一，心斋外在的表现形式是忘我，实质上是作家、艺术家对自己主体心性修养的一次静默的检阅。心斋的启动也就是创作开始。在这一过程中，作家、艺术家的学识、个性、情感、气质以及审美趣味等纷纷骚动，努力去寻求适合自己主体心性的客观物象，以满足自己灵魂生命的愉悦。"神与物游"昭示的是一种物化状态，这种状态始终伴随着心体的斋戒。刘勰展示了心体斋戒过程中主体修养的重要性。作家、艺术家在心斋的状态下所显现出来的学识、个性、情感、气质以及审美

第八章 物化：超越心灵

趣味等都会在审美创造中发挥关键作用，它们会促使作家、艺术家去寻求与主体心性气质相合的客观物象，以实现主体的沉冥。通过心斋的静默检阅，作家、艺术家的思想情感也得到了清理与调整。

其二，心斋是一种潜意识。这种潜意识的一个明显特点是：目标与意图都不鲜明，但是，在它的指导下又能准确接近目标和意图。这要归结为心斋的超功利性。心斋的外在表现形式是忘我，丝毫不考虑作家、艺术家个体作为灵魂生命的存在。这种潜意识和无功利是很多作家、艺术家都非常看重的。对此，南宋李涂说得非常好，"做大文字，须放胸襟如太虚始得"（《文章精义》）。"放胸襟于太虚"，并非真的能把心放到太虚之中。这是心斋的境界。在这个境界中，自然的所有变化皆随于心，心也同时化于万物之中。这个过程潜意识起着一定的作用。潜意识的参与在一定程度上保证了物化的正常开展，使文学艺术创作保持着本真、天然。

其三，心斋是一种心境的空虚和焦渴。心因为空虚，才需要实物去充实；因为焦渴，才需要甘泉去滋润。庄子说："唯道集虚，虚者，心斋也。"他把虚空看作是道的表现，道化生有无，具有无限的创造力。这就是庄子重视心斋的原因。文学艺术创作要实现物化，作家、艺术家必须进行心体斋戒，以保持心境的虚空，只有这样，才能排除先入之见，做到最为本真的直观。由于心境的虚空而陷入焦渴,迫使作家、艺术家去发现、去索取,以寻求文学艺术创作的动力。因此,心斋不仅是审美创造的心理机制,实际上已变成文学艺术创作的真正动力。

其四,心斋是作家、艺术家心灵的超越。超越是痛苦的,然而,超越又是美丽的。在超越的过程中,尽管存在着许许多多令人难以言说的痛苦,一旦超越过去,便会产生情感的欣悦。庄子在描述梓庆"斋七日"之后的感觉时曾经这样写道:"当是时也,无公朝,其巧专而外滑消;然后入山林,观天性;形躯至矣,然后成见鐻,然后加手焉;不然则已。则以天合天,器之所以疑神者,其由是与!"虽然没有一句言及欢乐的语言,但是,情感的欣悦溢于言表。那种酣畅淋漓的操作过程,就是梓庆(庄子)最大快乐的表现,正是因为他实现了对自己心灵的豪迈超越。

三 审美移情:物化的表现特征

全面审视中国古代的"物化"理论,人们发现,审美创造的移情是它典型的表现特征。

在庄子寓言中,庄周梦蝶所产生的幻化是蝶梦庄周。庄周和蝴蝶分为两个不同的等级和层次。因此,"周与胡蝶,则必

第八章 物化：超越心灵

有分矣"。庄周与蝶在梦与觉中显示了差别，也在梦与觉中实现了齐一。它们在主体精神的作用下实现了物化，达到了"天地与我并生，而万物与我为一"。这与西方美学史上的"移情"说似乎有某种相通之处。但是，由于两者产生的传统文化背景存在巨大的差异，导致它们的具体内涵有许多不同，这是不应忽视的。

"移情"说的代表人物是德国美学家里普斯。他认为"移情"是主体和客体的一体化，并强调这一体化是人所造成的。人在审美创造中所产生的移情并非主体和客体的对立，而是主体和客体的和谐。"正如我感到活动并不是对着对象，而是就在对象里面，我感到欣喜，也不是对着我的活动，而是就在我的活动里面。我在我的活动里面感到欣喜或幸福。""移情的作用就是这里所确定的一种事实：对象就是我自己。根据这一标志，我的这种自我就是对象，也就是说，自我和对象的对立消失了，或则说，并不曾存在。"[①] 庄周梦蝶所表现的物化意蕴是自我与对象的一体化，其中就包含着审美"移情"，在"移情"的过程中完成审美创造。

中国古代特别注重"天人合一"，对万事万物的认知，非

---

① ［德］里普斯：《移情作用·内模仿和器官感觉》，伍蠡甫、胡经之主编：《西方文艺理论名著选编》（中），北京大学出版社1986年版，第569—471页。

常强调人与自然的和谐对应。受这种宇宙观的影响，中国古代的文学艺术创作非常注重人与物的感应。感应是相互的，不分主客、主次。在感应的过程中，物也有情感，它们会哭、会笑、会表达悲喜。"天人合一"化育了中国古代的审美移情理论。董仲舒对这种理论的阐发相对周详。他从天人感应的角度阐发了客观物象情感主动性的内涵，认为万物的情思能够引发人的情思，同时，他还将人的情感变化对应于春夏秋冬四季的变化，开启了对悲秋、伤春文学现象进行理论分析的先河，美学意义深远。

"物化"在"天人合一"观念的笼罩下实现审美创造的移情，尤其突出了情思的审美价值。在《世说新语》中，情思的审美价值更加凸显，无论是物的情思还是我的情思都具有更为纯化的审美意义。简文的"濠濮之想"是受庄子的影响，以情思移诸对象，鸟兽禽鱼都有情思；正因为它们有情思，才会与人亲近。这种自然的亲和非常有诱惑力，连鸟兽禽鱼都能与人会心，人还有什么烦恼和孤独呢？而顾恺之对岩、壑、草、木、云、霞的赞美更富有诗意。在他的眼里，这些无生命的东西都充满着生命的情思，展现了美的魅力。在这里，情思的审美价值提高了，自觉地转移到对象身上，使得对象与我的对立消失，"对象就是我自己"。

然而，中国古代的一些典籍又的确把物象描述得富有灵性,这是古人将自己的情思化入物的结果,是他们丰富的想象。在这一想象的过程中,人处于主动地位。这种主动不可能是西方那样的绝对主动,(西方的绝对主动包含着对物的绝对轻视,对主体的极度重视。)它发生在尊重物的前提之下,没有物,也没有我。这样,中国古代的"物化论"和西方的"移情论"差别就非常明显了。这种差别说到底是文化的差异。

四 物我互化:物化的最高境界

在主体与客体的一体化上,物化理论与西方的移情说没有本质的不同。所不同的是它们对于物的态度和阐释方式。西方人喜欢用科学冷静的理性态度来认识人与物,中国古代对人与物的态度是情绪化、理想化的,是感性的。这是中西文化的差异所造成的。客观物象之所以富有情思,是作家、艺术家"移入"的结果,并不是物象本身就有情思。中国古代相信物有情思,并在这种观念的支配下把客观物象描绘得如此具有人情味,这是古人的"觉"。"觉鸟兽禽鱼,自来亲人。"如果漠视这一点,就不能够正确地认识中国古代的物化论。

"物化"和"移情"的差异不仅仅表现在各自对物的态度和阐释方式上,同时还表现在内涵上。物化和移情在内涵上的一个重要的不同表现在对主体和客体的一体化境界的认识上。在"移情说"的理论里,"对象就是我自己",非常在意"我",强调"我"的主导作用。里普斯认为,尽管人有时也"全神贯注"审美对象,但是始终有一个伟大的"我"在支配。因此,移情作为一种快感,也是"我"始终关注的审美创造活动,"我"时时刻刻都在。中国古代的"物化论"从一开始就强调忘我。所谓"心斋"就是为彻底忘我做心理准备。庄子讨论心斋强调忘我,在进一步深入时,他又感到心斋还不足以表达忘我的境界,于是,又补充了一个"坐忘"。"坐忘"完全蔑视自我,将自我置于一个残酷无情的境域。庄子之所以如此强调心斋和坐忘,是为了完成它的"外生"(将生死置之度外)的人生修炼,其与"外物"(抛弃功利得失)、"外天下"(漠视整个世界)一起组成一个完整的人生修养层次。无意间,深化了文学艺术的审美创造理论。忘我是物我互化的基础,只有在此基础之上,"物化"才能达到审美创造的最高境界。

物我互化的第一个表现是物我难辨。在"物化"活动中,由于处于忘我的沉冥,作家、艺术家往往混同物我,物就是我,我就是物。这种境况,处于审美创造状态的作家、艺术家本人很难觉察,只有当创造的过程结束,作家、艺术家跳出身临其境的那个圈子,重新反思这一过程,才会产生深切的体会。苏轼准确把握了这一点。在评文与可画竹时，他就这样写道："与可画竹时，见竹不见人，岂独不见人，嗒然丧其身。其身与竹化，无穷出清新。庄周世无有，谁知此凝神。"（《书晁补之所藏文与可画竹》）竹就是我，我就是竹，我与竹处于混化的状态，这是创作的最高境界。倘若没有对文学艺术的真诚热爱，没有对现实生活的深切体验，没有为艺术献身的无私精神，很难出现这种境界。

物我互化的第二个表现是物有情思。在物化活动中，由于思维极度活跃，作家、艺术家处于物我莫辨的精神状态，物有情思是一种必然。物会哭，会笑，能够与人对话，成为人的知己。这不仅是一种修辞手段，还是一种审美创造的表现形式。这种物化往往包含着民族深层的文化心理，有着独特的文化意义。如果以当今现象学的主体间性的理论来看，"物化"过程中的物也同人一样是一种主体间的存在，它不完全受人的支配，有时，还左右着人思想情感的发展。然而，单独的物又没有意义，它必须与人产生主体间的共振才具有价值。

物我互化的第三个表现是心灵的超越。这对于物化尤其重要。如果说，物我难辨，物有情思是"物化"的外在表现形态，那么，心灵的超越就是"物化"的精神意义了。"物化"所追求的妙造自然和忘我的艺术境界，是为了更好地展示作家、艺术家的心灵，追求主观情思和客观物象的融洽统一。

应该强调的是,物我互化这三个方面在实际运用中并不是孤立的,而是三位一体的。作家、艺术家在实际操作过程中不可将它们无端拆开,进行独立运作,倘若这样,便很难捕捉物化的精髓。然而,对"物化"的这些层次,人们也应该有明确的了解,否则,同样不能认识这一审美创造的真谛。

第九章　风骨：风清骨静

　　"风骨"作为中国古代文论的一个重要范畴，肇始于先秦的《诗三百》研究，自魏晋以来，成为人们品评文学艺术作品的一个重要的美学标准。"风骨"的内涵究竟是什么？学术界的争论迄今仍然很大，尚无定论。这是因为，"风骨"意义确实复杂，不好在一个固定的、统一的理论范式中明确界定。我们姑且认为它是一种美学风范。风范不同于风格，也不同于品格，它是一种美的范式。在古代，"风"和"骨"是两个概念。这两个概念在不同的理论家那里都有不太相同的内涵。先秦时期，人们讨论《诗三百》，有"六诗"之说，其中之一就是"风"。先秦之"风"，有歌咏、讽诵之意，经过两汉的发挥，"风"成为讽谕、教化的代用语。至魏晋，意义又发生了很大的变化。"骨"在汉代是指骨相。王充《论衡》有《骨相》篇，专门讨论人的骨法、性情和命运，也是"风骨"的源头之一。至晋代以后，人们便普遍使用"风骨"这一概念来品评文学艺术和人物风度,倡导艺术的气格之美和人物的清俊爽朗之美,对文学理论影响甚巨。"风骨"这一范畴的规范是刘勰确定下来的,其《文心雕龙》有《风骨》一篇,全面论述了"风骨"的内涵,意蕴精深。

一 风骨的生成

"风"和"骨"原本是两个概念,这两个概念合成一个概念并非一朝一夕之事,有漫长的历程。《文心雕龙·风骨》云:

> 《诗》总六义,风冠其首,斯乃化感之本源,志气之符契也。是以怊怅述情,必始乎风,沉吟铺辞,莫先于骨。故辞之待骨,如体之树骸,情之含风,犹形之包气。

这里就明确地说"风"是起源于"六义"的,与《诗经》有密切的关系。"风"指《诗经》中的十五国风,它具有讽谕、教化的作用。因此,后来人们在认识《诗经》时就常常联系讽谕、教化,将之视为诗的功能。"风"在先秦还有歌咏的意思,暗含着"风"的抒情性。这奠定了"风"的意义基础。到了汉代,人们阐释《诗经》,遂将讽谕、教化与歌咏

第九章 风骨:风清骨静

之意结合起来,使得"风"成为一个意义丰富的概念。

汉代的《毛诗序》对"风"进行了有意义的阐释,其云:"风,风也,教也。风以动之,教以化之。""风"又可训为"讽",就是讽谕。讽谕是采取含蓄委婉的手段进行讽刺和劝谕。文学教化是汉代文学思想的主导性观念,这种观念的产生不是空穴来风。汉人认为,《诗经》、楚辞具有讽谕和教化作用,由此推测,所有的文学都有讽谕和教化作用。在这种情形下,"风"便有了独特的意义。

"骨"的本义指骨骼,后来与相命之学绞合在一起,成为相术的一个术语。古代将人的骨相与命运联系起来,认为骨相之中显现着吉凶、贵贱、寿夭、祸福,故常常从骨相上来断定人一生的命运。王充《论衡·骨相》所举之例,尽是些黄帝龙颜、尧眉八采、禹耳三漏、文王四乳之类,并没有讲清其中有什么科学依据。骨法不仅与人的命运相关,还与人的性格关联。王充说:"非徒富贵贫贱有骨体也,而操行清浊亦有法理。贵贱贫富,命也;操行清浊,性也。非徒命有骨法,性亦有骨法。惟知命有明相,莫知性有骨法,此见命之表证,不见性之符验也。"(《论衡·骨相》)王充的这种思想虽然弥漫着迷信荒诞,但是对后来的人物品评仍有很大的启发。魏晋南北朝时期,人物品评之风盛行,这不单纯是玄学化育一种源头,骨相之学也是一个源头。魏晋人物品评,大量引进相术的

"骨相""骨法"概念，却又远远超越臆想和迷信，带有很强的审美评价成分。《世说新语》品评人物用到"正骨""毛骨""风骨""骨气""骨干"等概念，都是指人的精神风度，也就是人的精神之中所透露出来的美的气质、美的风采。当然，这种精神风度是与人的外貌（骨相）分不开的。

几乎与此同时，书法和绘画品评也大量借用相术概念，完善书法和绘画理论。传说卫夫人所作的《笔阵图》记载了李斯曾用"无骨"评周穆王书法的观点，从语态推测，那是批评周穆王的书法的。所谓"无骨"就是缺乏骨力，即缺乏生动鲜明的个性之美。她说："善笔力者多骨，不善笔力者多肉。多骨微肉者谓之筋书，多肉微骨者谓之墨猪。"（《笔阵图》）顾恺之《魏晋胜流赞》以"骨"来品评绘画，"骨"俨然成为一个标准。南齐谢赫又将风骨理论向前推进了一大步。他的《古画品录》一书，首先将"骨法用笔"列入"六法"之一，然后，又分别用这一概念来评价其他画家。他评曹不兴："观其风骨，名岂虚哉？"评张墨、荀勖："但取精灵，遗其骨法。"评江僧宝："用笔骨鲠，甚有师法。"这里的"风骨""骨法""骨鲠"都是指绘画作品所具有的生命气力，尤其是"风骨"一语，不仅把绘画的生命气力囊括其中，而且兼及情感的感染力。这标志着"风骨"理论在绘画理论中已经走向成熟。

第九章　风骨：风清骨静

从相命之术到人物品评和绘画品评,"风骨"完成了它由一个庸俗概念向文论概念、美学概念的转化过程。这一过程的高潮应该是刘勰的《文心雕龙》。在这部"体大思精"的皇皇巨著中,刘勰最为完整地阐述了"风骨"的意义。刘勰认为,"风骨"作为两个独立的概念各自意义分明。"风"既然出自"六义",必定与讽谕教化有关。然而,刘勰更为强调的是它的情感性,关注它的抒情性特征。他说,"情之含风,犹形之包气""意气骏爽,则文风清焉""深乎风者,述情必显"。(《文心雕龙·风骨》)可见,"风"是指情感。但是,如果"风"是一般的情感,它可能就失去了独特性,这里的情感必定另有意义。从刘勰所运用的比喻来看,这种情感是充满郁勃之气的情感,是一种具有力之美的情感。那么,"骨"又是指什么呢?刘勰说,"沉吟铺辞,莫先于骨","辞之待骨,犹体之树骸","结言端直,则文骨成焉","故练于骨者,析辞必精","若瘠义肥辞,繁杂失统,则无骨之征也"。(《文心雕龙·风骨》)可见,"骨"是指文辞,即语言。语言是以物质的形式在文学作品中表现出来的,它是实在的,人们通过语言能够把握作家的思想和情感,发现其与众不同的美。语言对意义的展示有很多的路径,笼统地谈论语言不一定非要使用"骨"这一概念。"骨"所指称的语言绝对不是一般的语言,它是精练的、端直有力的语言。只有具备这一特征的语言才能称之为"骨"。"骨"必须与"风"相结合方能显示出这种语言的本色。

这样,我们就理解了刘勰"风"与"骨"并举的意图。"风"和"骨"虽然有各自独立的意义,但是,它们却不能单独存在。离开"风","骨"不足以为"骨";同样,离开"骨","风"亦不足以为"风"。"风"是虚幻的,"骨"是实在的,一虚一实,虚实相生,产生了无穷的审美意蕴。"风"与"骨"只有结合在一起才具有打动人心的力量。这是一种美学风范,是刘勰对"风骨"的理论贡献。

钟嵘在《诗品》中继续发挥风骨的意义。他提出了一个与"风骨"意义相同的范畴——风力,标扬"建安风力",倡导力之美。与刘勰有所不同的是,钟嵘将风骨理论具体应用于诗人的品评中,在个体的创作实践中检验风骨的理论内涵。他评曹子建是"骨气奇高,词彩华茂",评刘桢是"真骨凌霜,高风跨俗",评鲍照是"骨节强于谢混"等,都是应用这一理论的典型表现。这些关于风骨的大规模的批评实践,无疑丰富了风骨的理论内涵。

二　风骨与气

中国古代的"风骨论"早已认识到"风骨"与气的关系。

第九章 风骨：风清骨静

《世说新语》说阮思旷"骨气不及右军"，提出"骨气"一词，这"骨气"就是"风骨"。《世说新语》还有用"风气"品人者，如，（阮浑）"风气韵度似父"（《任诞》），（王夫人）"有林下风气"（《贤媛》），这里的"风气"都是"风骨"内涵的一个部分。刘勰《文心雕龙·风骨》花了很大的篇幅来讨论"风骨"与"气"的关系，足见"气"对认识"风骨"问题的重要性。在《风骨》篇中，"气"与"风""骨"出现的频率一样高。据统计，"风"出现了14次，"骨"出现了13次，而"气"也出现了14次，与"风"的次数一样。可见，"气"对于刘勰来说是非同寻常的，抓住气，就等于抓住了"风骨"。

在中国古代的哲学观念中，气是一个核心问题，它涵养、生成了自然万物。风从气中来，风和气都是宇宙存在的一种自然物质。《庄子·齐物论》云："大块噫气，其名为风。"气生风，气就是风，风是气的流动。流动才是鲜活的，才是生命化的，因此，有气才会有活泼泼的生命现象。气既是物质现象，又是精神的，其中包括人的思想、情感、气质。作为一种精神现象，气是可以涵养的。管子强调精气，孟子强调养气，庄子强调听气，既要求顺应人的自然禀性，又要求人为地培养精神气质。先秦时期对气的认识已经达到了一定的高度，至两汉，产生了"自然元气论"，张扬气与性情的关系，极大地丰富了气的哲学意蕴。曹丕明确提出"文气"说，标榜"文以气为主"，气与情感的关系便在文学创作中站稳脚跟。刘勰继承了这种观念，运用这种观念阐发他的"风骨论"，不仅把"气"与"情"连接在一起，同时也把"风"与"情"连接在一起。

气是自然界的现象，风也是自然界的现象。风因为气的鼓荡而产生，风与气是合一的。风与气降临凡尘，演化为生命和艺术现象，为刘勰的"风骨论"提供了理论依据。风作为艺术的一个问题是从远古的采风制度开始的。采风是统治者的一种统治策略，它是收集民间歌谣俚曲的一种行为，目的是通过所搜集的歌谣俚曲来了解民间风俗、政治得失、百姓情感，从而，为统治者调整、制订统治政策提供参照。传统的观点认为，《诗经》中的"国风"就是采诗的结果，它是各地歌谣的集结。由于它来自民间，被认为具有讽谕教化作用，且被圣人和统治者视为最高的政治和艺术的规范，使得人们在理解风的时候就自然而然地联想到国风，联想到讽谕教化。这已经成为一种固定思维。即使在今天，人们仍以这种思维习惯去阅读、理解《诗经》。当然，这种思维定势有它不能原谅的缺陷。刘勰认为，国风作为原始艺术最先开启艺术的讽谕教化风气，它是文学的源头。这个"风"，不仅具有讽谕教化的意义，更重要的是还具有抒情性的意义。刘勰崇尚儒术，相信文学具有讽谕教化的作用，他的"风骨"之风与国风之风有联系，也有

第九章　风骨：风清骨静

区别。在他看来，国风是化感的本原，志气的符契。这里的"志气"就是情志意气，包括作者的思想、情感、气质、性格。这些都是虚化的。文学艺术表达作者的思想情感，展示了作者的气质和性格，有什么样的气就会有什么样的风。即使作者在文学艺术作品中表现了一种虚假之情，也是一种情。情真切地显现着，无论真实还是虚假，都是一种客观存在。当然，刘勰是要求表现真实感情的。真实感情存在的基础是作家对现实生活的深刻的体验。没有感触良多的现实生活，不可能表达出打动人心的思想感情。

鉴于《诗经》所展示的思想情感与气的关系，刘勰做了进一步的开拓。他说："意气骏爽，则文风清焉。""意气"等同于"志气"，这里仍是概念的混用。它指的是作者先天的以及长期的思想涵养所形成的性情。气虽然是可以涵养的，但涵养应建立在性情的基础之上。"骏爽"之气是一种清俊爽朗之气。什么是清俊爽朗之气？刘勰的回答很明确，那是"文风清焉"，亦即情感清朗之气。《文心雕龙·才略》篇中说到刘琨"雅壮而多风"，也就是"文风清焉"。骏爽之气所产生的情感力量是雅壮的。在我们看来，《文心雕龙·风骨》中的一个比喻最能准确表达刘勰的意愿："夫翚翟备色，而翾翥百步，肌丰而力沉也；鹰隼乏采，而翰飞戾天，骨劲而气猛也；文章才力，有似于此。"风骨就是文章才力，它就像"翰飞戾天"的鹰，虽然没有漂亮的羽毛，但是，骨劲气猛。只有具备了健劲有力的情感气势的文章才是有"风骨"的文章。

气与风的关系姑且如是说。那么，气与骨到底是一种什么关系呢？

刘勰的"风骨"，骨是指语言，但不是指普通的语言，而是指刚健的、具有力之美的语言。这样，骨与气自然而然地就联系在一起了。有学者说，刘勰的骨是指严密的逻辑结构、论证的力量、文章的事义及由这些结合起来所形成的作家的人格和人品，是否如此？刘勰是反对无思想情感的华词的，认为是没有"风骨"的表现。他既要文采又要"风骨"，文采与"风骨"在文章中同样重要。他认为，要想使文章具有"风骨"之美，必须在情感的酝酿、语言的组织（构思）等方面花费功夫，力争把自己的个性气质融入到这种构思中去。可见，刘勰还是强调气在语言的运用中的作用的。语言也离不开气。换言之，骨离不开气。骨要想具有刚健的气势必须贯注气，使语言也具有思想情感的力量。这样，"风骨"就是一个整体了。"风骨"只有成为一个整体才具有美的力量。

无论是风还是骨，都是气化的结果。它们要成为美的对象，必须经受气的化育，也就是要经受人的思想情感的整合。在这个意义上，说气就是风，气就是骨，一点都不为过。实际上，将气与"风骨"连起来是古代理论家的通行做法，从这

第九章　风骨：风清骨静

种做法中，人们也可以领略古代理论家对气与风骨的态度。下面不妨罗列一些，以便给出一个直观的印象：

刘义庆《世说新语·品藻》：时人道阮思道，骨气不及王右军……

钟嵘《诗品·魏陈思王曹植》：骨气奇高，词采华茂……

殷璠《河岳英灵集》：然适诗多胸臆语，兼有气骨，故朝野通赏其文。

魏庆之《诗人玉屑》：（王维）其人既不足言，词号清雅，亦萎弱少气骨。（卷十五）

张炎《词源·杂论》：秦少游词，体制淡雅，气骨不衰。

胡应麟《诗薮》：繁钦《定情》，气骨稍弱陈思，而整赡都雅，宛笃有情。（内篇）

胡震亨《唐音癸签》：明皇藻艳不过文皇，而骨气胜之。

李重华《贞一斋诗话》：曰：风含于神，骨备于气，知神气即风骨在其中。

刘熙载《艺概·诗概》：李杜只有无二字足以评之。有者，但见性情气骨也；无者，不见语言文字也。

从这里人们可以看出，气与骨的亲密无间的关系。这里的"骨气"或"气骨"基本上都可以与"风骨"等同，是指一种整体的美感力量，但是在一些细微的关节上又有很多不同之处，比如，"风骨"与形与神的创造、与格调的创造等等。

总之，"风骨"的创造离不开气。无论是思想情感还是语言，气都起着点化和化育的作用。它贯穿在整个文学艺术的创作过程中，是文学艺术创作之本。气保证了文学艺术创造的独特性，更保证了文学艺术作品的那种刚健壮雅的力量和气势。它是美感形成的基础。

三 "骨气端翔，音情顿挫"

"风骨"作为一种美学风范是在魏晋形成的。汉末建安时期，由于特殊的社会环境造就了这一时期的特殊文学现象，文学创作一改先前单一的歌功颂德，转向对社会和人生的思索，对人的生命价值和意义的探索，创作的视野变得开阔。刘勰在检讨这一时期的文学现象时曾经这样说过：

> 自献帝播迁，文学蓬转，建安之末，区宇方辑。魏武以相王之尊，雅爱诗章；文帝以副君之重，妙善辞赋；陈思以公子之豪，下笔琳琅；并体貌英逸，故俊才云蒸。仲

第九章　风骨：风清骨峻

宣委质于汉南，孔璋归命于河北，伟长从宦于青土，公干徇质于海隅，德琏棕其斐然之思，元瑜展其翩翩之乐，文蔚、休伯之俦，于叔、德祖之侣，傲雅觞豆之前，雍容衽席之上，洒笔以成酣歌，和墨以及谈笑，观其时文，雅好慷慨，良由世积乱离，风衰俗怨，并志深而笔长，孤梗概而多气也。(《文心雕龙·时序》)

建安文学的创作成就，后人称之为建安风骨。刘勰虽没有直接使用这一说法，但从他的种种倾向可以看出他对这一时期文学的态度。他说这一时期的文学是"雅好慷慨""梗概多气""慷慨以任气"，都是"风骨"之意。也就是说，刘勰是肯定建安文学对"风骨"的追求的。钟嵘明确提出"建安风力"的概念，这"建安风力"就是"建安风骨"。钟嵘说："降及建安，曹公父子，笃好斯文；平原兄弟，郁为文栋；刘桢、王粲，为其羽翼。次有攀龙托凤，自致于属车者，盖将百计。彬彬之盛，大备于时也。"(《诗品序》) 在这里，他用"彬彬之盛，大备于时"这样一个孔子曾经心仪的"文质彬彬"的理想标准来评判建安文学，说明建安文学的确已经成为时代的典范。"建安风力""梗概多气"都指的是"建安风骨"。

"建安风骨"（风力）的含义是什么？学术界论述很多。

首先，建安文学是文质兼备的文学，它能够做到"以情纬文，以文披质"（沈约《宋书·谢灵运传论》）。从"三曹"及"七子"这些代表性作家的创作来看，建安文学的一个突出特点是文质兼备，实现了文学创作情感表达和文学体式的统一。其次，建安文学追求一种慷慨悲凉的审美意趣。它抒发哀思，但是不一味消沉，字里行间弥漫着一种奋发昂扬的精神气质，给人们带来了全新的审美感受。如曹操的《短歌行》《步出夏门行》《蒿里行》《薤露行》等诗，格调苍凉，建功立业的雄心壮志与忧愁苦闷的情思相互纠结，表达出积极昂扬的奋斗精神。曹丕、曹植、刘桢、王粲的作品也都展示了悲情美。建安文人表现的意境虽然苍凉，但是，没有任何消沉的感觉。这种特殊的心绪铸就了建安文学的慷慨悲凉的美学品格，形成"建安风骨"。其三，建安文学反映的社会现实层面非常深广，格调健康。建安时期是一个战乱的时期，阶级矛盾、派系矛盾、民族矛盾纠结在一起，形成无法调和的态势，同时，战争连绵不断，战争带来的创伤深刻地影响人们的心理，不少有识之士拿起自己的笔，记录下当时的社会现实及人们的心理感受，其态度之客观，情感之真切，形成一种独特的风貌，这是"建安风骨"的重要内容。

刘勰、钟嵘赞美建安文学还有一个重要的现实的目的，那就是对抗消沉萎靡的齐梁文风。可是，随着社会的极度动乱，

第九章　风骨：风清骨静

刘勰抑郁而死，钟嵘位末名卑，齐梁文风有增无减，一直到初唐。这才有陈子昂的一声呐喊：

> 文章道弊五百年矣。汉魏风骨，晋宋莫传，然而文献有可征者。仆尝暇时观齐梁间诗，彩丽竞繁，而兴寄都绝，每以咏叹。思古人常恐逶迤颓靡，风雅不作，以耿耿也。一昨于解三处见明公《咏孤桐篇》，骨气端翔，音情顿挫，光英朗练，有金石声。遂用洗心饰视，发挥幽郁。不图正始之音，复睹于兹，可使建安作者相视而笑。（《与东方左史虬修竹篇序》）

陈子昂重提"汉魏风骨"，重提建安，一个重要的理由就是他所处时代的文风逶迤颓靡，风雅不作，这是齐梁文风影响的结果。为了挽救这种颓风，他选择向齐梁文风开炮。他提出了一个贴近"建安风骨"的审美标准，那就是：骨气端翔，音情顿挫，光英朗练，有金石声。

其一，"骨气端翔"标举的是一种风骨美，是一种思想情感的气势与力量。"骨气"也就是风骨，"端"是指骨骼的端庄、坚实，"翔"是指气势的飞动。骨骼的端庄、坚实是指语言的劲健有力，气势的飞动是指思想情感的活动、飞灵。它们共同组成美的合唱，形成一种健康向上的思想情感力量。陈子昂的可贵贡献不仅在于重提汉魏、建安风骨，而且还在于他发掘出了"风骨"的比兴寄托的意蕴。这却是刘勰、钟嵘不曾明确意识到的。尽管他们在自己的著作中都曾经讨论了比兴，但是，没有将它置于"风骨"的情境之下来讨论，因此，隔了一层。这是陈子昂的一个发现。

其二，"音情顿挫"标举的是音节美和情感美。它是在"风骨"统领之下的，并且，服从于"风骨"的实际需要。"音"是指音节、声音，"情"是指情感。古典诗歌讲究音韵美，但是，如果过分追求音韵之美而忽视与情感的谐调搭配，这种音韵之美没有任何意义。音韵只有与情感谐调搭配，才能形成抑扬顿挫的美感力量，完美展示人的情感历程。刘勰、钟嵘的"风骨论"意识到了情感的打动力量，但是，没有明确讨论音韵的问题。他们虽然都谈到了"采"，只是笼统的文采。陈子昂弥补了这个缺陷。他对音韵的关注是适应了初唐的文学创作实际的。可见，陈子昂"风骨论"的提出不是着意复古，沿袭古意，而有着自己独特的创新。

其三，"光英朗练"标举的是文学作品的光彩，追求一种明朗、皎洁、凝练之美。这也是陈子昂的"风骨论"的内涵之一。"光"指光彩，"英"本意是花，此指鲜美。"朗"是明朗、皎洁之意。"练"是凝练。这是一种美的光彩，它是建立在上述"骨气端翔，音情顿挫"的基础之上的。文学作品

第九章　风骨：风清骨静

具有了一定的思想情感的气势和力量，具有了音情的和谐之美，这就使得整个作品光洁鲜亮了，具有了更为强烈的情感打动的力量。

陈子昂之后，唐诗追求"气象"，这"气象"就是殷璠所说的"风骨凛然"（《河岳英灵集》），是一种开阔壮大的情思。李白是盛唐诗歌气象壮大第一人，他不仅躬身实践，而且在理论上也有明确的宣言。他的"蓬莱文章建安骨，中间小谢又清发。俱怀逸兴壮思飞，欲上青天览日月"（《宣州谢朓楼饯别校书叔云》），表达的就是对"建安风骨"的叹服，那种"逸兴壮思"是从建安风骨而来，是对"建安风骨"美学思想的承继。

"风骨"理论的发展到陈子昂是一个转折。这种转折表现在："风骨"的刚健壮大的审美情思内涵已经定型，成为一种美学的风范。此后，"风骨"理论便走向平稳发展的阶段。可能就是因为这种发展过于平稳，不像魏晋南北朝和初盛唐那样，有风有浪，以致后来的文学艺术理论开始漠视"风骨"。以至于今天，很多人误认它失去了生命的活力，不再具有现实的意义。

第十章 言意：语言艺术

中国古代文论是非常重视言与意的关系的。先秦时期，言与意就已经成为哲学探讨的重要问题。先秦哲学家们敏锐地捕捉到言与意的内在矛盾，认识到语言传播思想的深刻局限，"言不尽意"成为一时的共识。《老子》说："道，可道，非常道；名，可名，非常名。"（一章）《周易》云："子曰：'书不尽言，言不尽意。'然则圣人之意，其不可见乎？子曰：'圣人立象以尽意，设卦以尽情伪，系辞焉以尽其言。变而通之以尽利，鼓之舞之以尽神。'"（《系辞上》）甚至连倡导"知言"的孟子，也曾慨然叹息"气"之难言，不能准确界定它的意义。先秦时期，对言与意的关系有着深刻见解的思想家当推庄子。庄子是倡导言不尽意的。首先，庄子认为，自然界的现象不可言说，由此得出圣人的品德不能够言说。这是因为，自然现象和圣人品德所包含的意义广泛，难以说尽。其次，庄子认为，语言相对于意义而言表现力有限，语言表意的

第十章　言意：语言艺术

极至是无言。庄子倡导综合运用经验、语言之外的符号辅之以语言表意，对文学艺术的启发很大。最后，庄子认为，语言的功能在于表意。对阅读者来说，其所追求的并非语言形式，而是意义索解。他说："筌者所以在鱼，得鱼而忘筌；蹄者所以在兔，得兔而忘蹄；言者所以在意，得意而忘言。"（《外物》）这已成为中国古典阐释学的阐释策略，在这里，语言的形而下意义极为浓重。然而，庄子并没有从根本上否定语言，他只是消解了语言在表意过程中的显豁身份，把阅读的核心指向意义。庄子的言意思想照亮了中国古代文论和美学的理论之途。后世关于言意的精妙言论均由此生发，并在多极融合的过程中，深化了这一理论的内容。

一　言、象、意简析

古代的"言意"理论首先是在哲学层面展开的。以言、象、意的三维构成探讨意义的生成是从《周易》开始的。《周易》准确洞察语言表意的局限性，为了使语言表意成为可能，特意搬出"象"这一形象、直观的媒介，以便语言能更为准确地表达意义。《周易·系辞》以孔子之口说出"书不尽言，言不尽意"的理论命题，对言、象、意的理论探究便由此引发。"书不尽言，言不尽意"是说书写记述的有限性和语言表意的有限性。从字面上看，好像是一种绝望的叹息，对语言的无能为力，求全责备，其实，这是一种较为客观的言说。人们通过对语言的运用，直接体会到语言的变幻莫测。语言好像一个魔方，难以琢磨而又趣味无穷。世界上的现象异常复杂，语言和文字难以书写某些复杂的现象，即使书写下来，也难以完全准确地表达意义，这便出现了"书不尽言，言不尽意"的困惑。言与意的表达既然是这么不顺当，但是又如何理解圣人之意呢？这便牵扯出"象"。《周易》借孔子之口说出了这样的观点："子曰：'圣人立象以尽意，设卦以尽情伪，系辞焉以尽其言。变而通之以尽利，鼓之舞之以尽神。'"（《系辞上》）究竟象是什么？象怎样尽意？《周易》云："是故夫象，圣人有见天下之赜，而拟诸其形容，象其物宜，是故谓之象。"（《系辞上》）可见，"象"是一种独立于语言之外的符号，这种符号有形象、直观的特点，能协助语言表达意义，是语言表意的得力助手。具体到《周易》，"象"是指卦象和爻象。

　　王弼全面探讨了《周易》的言、象、意的问题，对言、象、意及其相互关系作出了相对合理的解释。这些解释也只是对《周易》表意的现象说明，因此，王弼并没有解释言与意的关系。在王弼看来，"言者所以明象""象者所以存意"，言与象各有所司，职能不同。《周易》的言即卦爻辞，都是用来

第十章 言意：语言艺术

解说卦象的，卦象才表达真正的意义。王弼不直接讨论言与意的关系，是因为《周易》之言与卦象所表达的意义关系不直接。卦象所蕴含的意义是全面的、丰富的，语言不能尽意。语言只能言说象的表面形象。同时，王弼还意识到言明象、象存意的有限性，强调"忘"。得象而忘言，得意而忘象。为什么王弼要忘言、忘象呢？这是因为，保存下来的语言并不能完全明象，现有的象也不能完全尽意。因此，"象生于意而存象焉，则所存者乃非其象也；言生于象而存言焉，则所存者乃非其言也。"（《周易略例·明象》）这是反过来说，意是先于象、言而存在的，由意生象，由象生言。意所产生的象并非那个存在于意识中的原原本本的象，象所产生的言也不是那个存在于象中的原原本本的言。言与象在经过了意的加工之后都发生了变化，因此，得意便会忘象，得象便会忘言。这样，王弼关于言、象、意的认识实际陷入了意义中心主义。无论是言尽象、象尽言还是意生象、象生言，都强调意义的中心地位。

既然通向意义之途不仅仅限于语言，而且还包括语言之外的象，那么言与象何以能够达意？这涉及中国古代文论、美学的一些深层次问题，即如何用语言、形象（意象、意境）表达思想、情感的问题。古代很多思想家、文论家、美学家都曾经思考过。孔子从政治、伦理、道德的角度思考语言问题，将言纳入君子道德的范围。"君子与其言，无所苟而已也。"

（《论语·子路》）。这里的言不是一般的语言，而是挟带礼乐思想和道德思想的语言。显然，孔子是把语言看成与实在相统一的，并且能准确表达人的内心体验及思想的手段。他曾进一步说："有德者必有言，有言者不必有德。"（《论语·宪问》）直截了当地将语言与人的道德生存联系在一起。孟子是自信知言的。他曾经理直气壮地说他自己的长处是："我知言，我善养吾浩然之气。"（《孟子·公孙丑上》）但是，当有人问他何谓浩然之气时，他则坦言："难言也！"气可养而不可说，孟子的"知言"受到限制。但是，他又敏锐地发现了言近而旨远，认识到语言表意的复杂性和多变性，给后人以深刻的启迪。不可否认的是，孟子在一定的程度上做到了知言，这从他"以意逆志"和"知人论世"的接受美学命题中可以深味。他强调，说诗者不要拘泥于诗的语言辞采，而应着眼于诗意的把握，切实做到"以意逆志"。确如孟子所言，如果仅从字面上来理解诗（文学作品），可能会产生很大的反差，甚至错误。《诗经·云汉》一诗中的"周余黎民，靡有孑遗"两句诗，字面说的是周代的黎民百姓都死光了，没有遗留下来的了，可这并不是诗人的本原意图。诗人的本意是说周代的大旱给百姓带来了无穷的灾难，饿死了很多人。这里运用的是夸张的修辞手法。但是，从这一诗的语言现象中可以看出，语言本身具有欺骗性和虚伪性。正是语言本身的欺骗性和虚伪性导致了对意义

第十章 言意：语言艺术

理解的困难。因此，语言和意义之间的关系并非三言两语能说得清，道得明。

语言能够达意，这是语言之所以能成为人类的交际手段的原因之一。语言是在一定的社会条件下产生的，一种语言的流播区域有着相同的文化和历史背景，生活在这些区域的人有着大致相同的生活和交际习惯，对语言有相同的辨别能力。春秋战国之际，上层社会把《诗三百》作为一种语言交际的内容，以此来沟通思想，表达感情，增强了整个时代的诗性氛围。文化习惯所形成的前理解，决定了在当时的上层社会中，人人都能理解对方所赋的断章取义的诗，并认定这种交际方式是一种高雅的言说方式。孔子就曾经说："不学诗，无以言。"（《论语·季氏》）其实表示的就是尊尚这种交际的方式。即使是误读《诗三百》，人们也基本能理解。从这里，我们可以领略语言达意的社会和历史基础。具体到文学来说，文学都是通过语言创造出意象、意境的，而思想、情感并不是语言直截了当表达出来的，是通过意象、意境表现的。可见，象在文学的表情、表意中所起的作用巨大。

语言不能达意。语言不能达意来自两种情况：其一，从言说者而言，由于言说对象所包蕴的意义非常广泛且又非常精微，给言说者造成一定的困难。言说者找不到一个合适的概念言述对象，或概念的包容性不强，或言述的切入点不准确。故老子有"道,可道,非常道"的说法,陆机有"意不称物,文不逮意"的困惑。相对于"言"来说,"意"更精微、准确,同时,"意"也最为模糊。其二,从接受者而言,语言不能达意的表现情况更为复杂。大致可以包括四个层面:首先,言说的语境造成了言不达意。这是由于语境的不同形成了言说者和接受者心境的差异。其次,知识的隔膜也造成了言不达意。再次,言说者操持的是私人语言,这种语言不具有公共的效应。最后,语言的表述不符合通常的逻辑规则,语无伦次。这都是社会的语言现象。不可否认的是,无论语言达意的程度如何,它都是一种语言现象,都或多或少地表达了思想,也或多或少地接受了思想。

因此,中国古代提出的言、象、意的问题,给人们思考语言和意义提供了一个巨大的学理空间。

二　言尽意

"言尽意"一直是古人的追求目标,孔子曾经把它当作一种理想,但同时又明确意识到它很难实现。《论语·阳货》记载了孔子对语言的困惑:"子曰:'予欲无言。'子贡曰:'子如不言,则小子何述焉?'子曰:'天何言哉?四时行焉,百物生焉,天何言哉?'"孔子认为,不仅天(自然现象)难以

第十章 言意：语言艺术

言说，即使德行也难以言说；语言在传授德行方面受到很多限制，它表述不尽德行的丰富内涵。但是，孔子又无时无刻不在借用语言表达思想，把自己的知识和德行传授给学生。他深有感慨地说："辞达而已矣。"（《论语·阳货》）开启了后世对"言尽意"问题的持续而广泛的探讨。

"言尽意"的理论内涵在魏晋南北朝的"言意之辨"中得到了进一步的充实。以欧阳建为代表的"言尽意"派对玄学家"言不尽意"的观点展开了激烈的批判，批判的焦点仍围绕着先秦以来一直争论不休的名理之辨。欧阳建的辨析非常雄辩、有力。他紧紧抓住名与物、言与理的统一表达自己的言意观，非常强烈地冲击了玄学家的"言不尽意"的诡辩。欧阳建之前或同时，对言尽意的探讨只是停留在理论思辨层面，刘宋时期的文学理论家范晔开始从言与意统一的立场出发提出言与意的等级与轻重问题，实现了言尽意由纯粹理论问题向实践问题的转变。范晔《狱中与诸甥侄书》认为，文章只要能表达意义就达到了目的，这个"意"是作者所赋予的思想和情感。"以文传意"意谓文章借助于语言表达情意。作者的思想情感被语言传达出来，语言也具有了活力。它就不仅仅是文章的外衣，是情意的外衣，而成为意义的一个组成部分。范晔在言述言尽意这一命题时实际上有一个假设。他认为，如果作者在他的文章中做到了"以意为主，以文传意"，那么，接受者就能够从他的语言表达中理解这种意义。这多少有些一厢情愿的色彩，但却代表了中国古代学人对言尽意的执着信念。

唐代诗人杜牧就接着范晔"以意为主"的观点，论述了语言表意的质朴性，指出"意能遣词，词不能成意"（《答庄充书》），明确地将语言归入形而下的范围。意作为主导语言的因素必须在创作之前确立，围绕意组织语言才能使语言不凌乱，从而实现更好地表意。"言尽意"的过程是辩证统一的过程，并不是越优美的语言表意性愈强，越质朴的语言表意性越弱。他将语言的表意行为分为"意全胜"和"意不胜"两种情状。在"意全胜"的状况下，这一情形的表现恰恰相反，"辞愈朴而文愈高"。不能否认，杜牧在这里表现出一种绝对化的倾向，与他作为诗人的言论有些不符。但是，就"言尽意"的主旨来说，以意义为目的，强调意义的主导作用，语言的从属作用，确实也是"言尽意"的一个策略。紧承杜牧的"辞愈朴而文愈高"的言尽意观，后来的文论家们有不少都追求语言的质朴，以为只有质朴的语言才能恰到好处地表达意义。这种观念大盛于北宋的欧、苏时代，形成一种迥异于传统的审美倾向。与欧阳修同时且友善的梅尧臣倡导平淡诗风，其中就包括语言的平淡质朴。他说："因吟适情性，稍欲到平淡。苦辞未圆熟，刺口剧菱芡。"（《依韵和晏相公》）要求用平淡的语言表达情性（意）。欧阳修多有附和："圣俞平生苦

第十章　言意：语言艺术

于吟咏，以闲远古淡为意，故其构思极难。"苏东坡极力推崇孔子的"辞达而已矣"，对言尽意作出了他独特的理解。

文学创作以表达思想情感为主，语言仅是表达思想情感的工具。"言尽意"对作家来说就是如何将自己的先在的思想情感用语言准确地表达出来并且让读者能够准确地理解，严格地说，作家本人对这个度也难以把握。杜牧强调用质朴的语言，胡应麟强调用浅近的语言，都是一种折中的做法。也就是说，他们都考虑到读者的知识修养的差别，要求作家不要人为制造语言障碍，以实现对作品的理解。这些愿望是良好的，也具有一定的可行性。但是，是否质朴和浅近的语言就能够达到目的，这又是一个问题。对于读者来说，实现对作品的理解取决于许多条件，除了知识修养之外，读者的生活体验、审美趣味以及期待视野、前理解等都是决定读者接受的因素。由此可见，想给言尽意确定一个实现的向度确实很难。

古人强调言尽意，也就是强调文学作品要表达情感，给人以美的享受。同时，古人也认识到"言尽意"只是相对的。因此，在具体讨论时要求语言质朴、浅近，认为这是尽意之途。更有眼光深远者，强调要以华美的言辞表达出深广的意义，认为这才是尽意。这实际上已经是在讨论无穷之意了。由此可见，"言尽意"与"言不尽意"、"言有尽而意无穷"是相互渗透的命题，它们之间并不矛盾。

三　言不尽意

"书不尽言，言不尽意"，其前提还是承认语言能够表达意义的，只不过强调语言表意的局限性。这种局限性究竟有多大？只能放在具体的言说语境中去检测。随着语境的时间相去越来越远，阅读和阐释人群的知识背景、文化差异越来越大，"言不尽意"的表现会越来越突出，理解会变得越来越困难。这是正常的阅读和理解现象。在某种程度上，可以这样说，一部人类的语言文化史，就是在不断地误读和曲解中形成的。然而，这并不影响人类社会文化发展的整体格局。

"言不尽意"所造成的语言困境，还可以从以下几个方面去体会：

其一，语言本身的局限性。语言是一个形、音、义共存的实体，任何一个因素的改变都会影响到它的意义。就一种具体的语言来说，形是相对固定的，而音却是流动和变化的。尽管汉语有固定的音调，但是，在具体言说时，音的快慢强弱所表达的意义明显不同。这对人的理解是一个挑战。庄子就强调语言表意的有限性，他曾经讲了一个轮扁斫轮的寓言故事，以此来申述自己的理由，先借轮匠轮扁之口说圣人之书乃思想之糟粕，继之结合自己的斫轮体会来加以言说，言说的核心是精粹的思想和经验无法传达,也就是言不尽意。

其二,语言本身的多义性。语言意义的丰富性是社会和历史形成的。从意义发展的历史看,语言最初的表现是词语意义单一,没有丰富的意指,尔后,语言的词语意义不断繁衍、派生,逐渐形成了一棵语义树,用以表达人的复杂的思维和情感意识。庄子的言意观包含了对语言本身局限性的认识,同时,也包含了对语言本身多义性的认识。在本质上,他认为语言是表意的,只是难以表达精微的意义。从轮扁斫轮这一寓言故事中,我们可以看出他的语言观的特点,在那里透露出他贵意义轻语言的倾向。庄子向来是强调"得意忘言"的,把语言贬低为极端形而下的东西,认为语言只能表达意之糟粕。

其三,语言本身的私人性。语言虽然是一种社会现象,是一种能理解的"在",但是,语言又有它无可回避的私人性。所谓语言的私人性是指语言中所展现的思想情感及思维方式是个人的、独特的,不具有普遍的可传达性。语言困惑的焦点之一就是语言本身的私人性。语言本身的私人性决定于个体的独特的生活体验、知识、感情和思维方式。这种私人性也是相对的,并不是绝对的。德国现代哲学家维特根斯坦称这种私人语言是任何人都不懂的私人感觉,否认它是种族、文化等大的语境之一部分以及由此产生的语言现象。[①] 对于个体的私人而言，个体独特的生活体验、知识、感情和思维方式的确是他者所不具有的。庄子所述的轮扁斫轮的体验就是个人的独特体验，这种体验不具有普遍的可传达性，使别人难以理解，由此也造成了知识的消亡。这是语言的悲剧。虽然这种表现是个别的，并非普遍的，但是，这种语言的现象也值得重视。中国古代文论将语言的私人性作为一个重要的现象加以认识。陆机叹息"文不逮意"，是与轮扁同样的体验。"文不逮意"是"言不尽意"之意。《文赋》这样申述："患挈瓶之屡空，病昌言之难属。故踸踔于短韵，放庸音以足曲。恒遗恨以终篇，岂怀盈而自足。惧蒙尘于叩缶，顾取笑乎鸣玉。"这是说，语言难以表达那些属于个人的思想和情感，勉强为之，后悔无穷。杜牧也说："意能遣辞，辞不能成意。"（《答庄充书》，《樊川文集》卷十三）同样是说私人语言使言与意陷入了一个矛盾的关系之网。

其四，语言本身的文化性。语言是一种文化的符号，它本身携带了大量的文化密码。结构主义语言学认为，语言的符号功能之一是，它是一种代码和信息。这种代码和信息具有意指

[①] 参见［德］维特根斯坦《哲学研究》，李步楼译，商务印书馆1996年版，第133页。

第十章 言意：语言艺术

性。罗兰·巴特指出，构成文学因素的有五种主要代码：即解释性代码、寓意代码、象征代码、行动代码、文化代码。[①] 其实，这五种代码中的前四类皆可入文化代码，即语言的文化性，正是由于语言的文化性，导致了语言的解释、寓意、象征、行动的内涵各各不同。语言的文化性着眼于不同的人文、历史传统，要想较为深刻地理解一种语言，必须接受运用这一语言的民族的传统文化的熏陶，这是一个前提。就一个民族内部来说，知识修养水平的高低也决定了语言的接受程度。具有不同知识修养的人对同一语境下的语言理解可能会千差万别，这是产生"言不尽意"语言困惑的又一原因。司马迁似乎感悟到这一点，他慨然叹息："天道恢恢，岂不大哉！谈言微中，亦可以解纷。"（《史记·滑稽列传》）此外，写作者对文化传统的理解也直接影响阅读者。写作者能否把自己的理解传达出来，采取合乎民族思维习惯的语言，言说符合民族文化的逻辑性。这也是关键。中国古代有"作者既易工，闻者亦易动听"（何良俊《曲论》）的观念，认定作者是理解的中枢。作者的写作不能准确赋意，这便是"言不尽意"，后来的理解者在理解作品时肯定也会有"言不尽意"之感。这里仍然存

[①] 参见［法］罗兰·巴特《符号学原理》，李幼蒸译，生活·读书·新知三联书店1988年版。

在着一个语言的文化性问题。

四　言有尽而意无穷

"言有尽而意无穷"是文学的至高境界。魏晋南北朝作为文学和文论的自觉时代，完成了"言不尽意"向"言有尽而意无穷"转变。这一时期关于"言尽意"和"言不尽意"的辨析殊途同归，都为丰富和发展中国古代的语言观做出了重要贡献。作为魏晋南北朝文论的集大成人物，刘勰和钟嵘独具慧眼，较早认识到"言有尽而意无穷"的理论价值，并做了淋漓尽致的阐发。刘勰提出并论述隐秀："隐也者，文外之重旨者也；秀也者，篇中之独拔者也。隐以复意为工，秀以卓绝为巧，斯乃旧章之懿绩，才情之嘉会也。""夫隐之为体，义生文外，秘响傍通，伏采潜发，譬爻象之变互体，川渎之韫珠玉也。"（《文心雕龙·隐秀》）"隐"是"文外之重旨"，以复意为工，"隐之为体，义生文外"，因此，"隐"首先是一种语言现象，然后才是美学意象。钟嵘释"兴"，谓"文已尽而意有余"，包含着丰富的语言修辞学策略。这是建立在前人对"兴"的认识之上的。孔子就提出"诗可以兴"，孔安国释"兴"为"引譬连类"。这样，"兴"包含着比喻、类比、联想等多种修辞和心理的内容。然而，就语言的修辞而言，任何

第十章 言意：语言艺术

一种修辞手段都能够引起人们的类比与联想，如比拟、象征、隐喻、借代等，它们都能赋予语言以无比丰富的意义。因此，"文已尽而意有余"又不仅仅属于"兴"，它是属于整个文学语言的，是文学语言的美学特性。文学语言要做到"文已尽而意有余"，必须是含蓄的，含蓄的语言才有韵味，才富有审美情趣。

含蓄是"文有尽而意有余"的核心意旨。所谓含蓄，即含而不露，委婉多义。司空图《二十四诗品》以诗演绎含蓄的品格：

> 不著一字，尽得风流。语不涉己，若不堪忧。是有真宰，与之沉浮。如渌满酒，花时返秋。悠悠空尘，忽忽海沤。浅深聚散，万取一收。

"不著一字，尽得风流"一语，囊括了"文已尽而意有余"的核心意涵。文学的语言只要具备含蓄，便会具有无穷的韵味。

含蓄的语言是一种曲笔。曲笔作为一种表达的手段是一种语言的技巧，在中国古代有深厚的传统。先秦时期，曲笔被形象地称之为春秋笔法，具有微言大义的特征。对曲笔的运用，往往是由于作者自身处于一种独特的历史文化环境和个人的生活际遇之中，因涉及某些政治倾向或隐私不能直截表白，语意隐晦。曲笔与比喻、象征等修辞手段有关。

如果说，钟嵘的"文已尽而意有余"还是"兴"的修辞学言述，那么，后来的许多理论家在讨论言与意的关系时往往超越了这个范围，在更广阔的背景上讨论了意在言外的问题。司空图将诗歌之意比作味，味即韵味，要求诗歌创作要讲究韵外之致，味外之旨；追求象外之象，景外之景。这就是在较高的美学层次上追求言与意的协调。意义的表达应摆脱语言的局限，最大限度地发挥语言的表意作用。

"言有尽而意无穷"还涉及语言表意的习惯问题，往往借助于语言的双关、典故的运用、正话反说、反话正说以及模糊语言等手段来达到目的。这些不同于含蓄、曲笔及象征、隐喻等修辞技巧。这种语言的意义只有具备相应的文化背景、相当的知识修养的人才能理解。与此同时，中国古代文论还追求一种"无言"的境界，庄子就是这种境界的倡导者，"言有尽而意无穷"是对"无言"的进一步引申。"无言"的追求以意义为核心，强调得意，"得意忘言"，"义得而言丧"（刘禹锡《董氏武陵集纪》）。但是，这仍是一种表意的策略，其目的还是追求文学作品的无穷意味。

中国古代的言意理论内容丰富，从"言不尽意"到"言尽意"再到"言有尽而意无穷"，对立与融合的态势极为鲜明。这也说明语言表意的无限复杂性。语言的局限性在这场讨论中得到了较为透彻的辨析。然而，对立只是一种表面的现象。实际上，无论是"言不尽意""言尽意"还是"言有尽而意无穷"，终极目标都是一样的。那就是，探讨语言表意的本质，发掘语言的本质，以期推动进一步认识语言和意义的关系。

第十一章　趣味：味中蕴味

"趣味"是中国古代文论的一个独特的审美批评和鉴赏范畴。趣是意趣，味是滋味。这个范畴的理论源头是"味"。"味"本来是用来指称味觉的概念，后来被运用到文学艺术的审美鉴赏与批评中，意谓文学艺术的审美鉴赏和批评就像饮食一样，也追求美味。作为一个审美范畴，"味"萌芽于春秋时期。老子曾经提出了"为无为，事无事，味无味"的观念，把"味"作为一个评判的标准，认为无味之味才是至味。这是在发挥他的有无思想，是对虚无的推崇，内在蕴含很深。可以认定，老子的"味"已经具有了美感的意义。《左传》记载了许多音乐欣赏的史实，经常把音乐欣赏和味联系起来。如昭公二十年记载晏婴"声亦如味"的观点，认为声音的清浊、疾徐、哀乐、刚柔等与味之盐梅有异曲同工之妙，为使"味"成为一个审美的观念奠定了基础。《论语》曾记载孔子在齐闻《韶》"三月不知肉味"的感受，是因为音乐的美让他忘却了肉的美味，这也是以味论艺的极好的范例。可见，先秦时期已经形成了味的审美鉴赏与批评理论。"味"成为中国古代文论、美学的一个独特的审美批评概念实属必然。

一 味作为审美理论的兴起

将"味"用诸文学艺术的审美鉴赏与批评，灵感来自于饮食的味觉。评赏好比饮食，味是一个重要的标准。先秦典籍关于味的大量的应用都是着眼于这一点。《左传》昭公九年记载的"君实司味"，昭公二十年所说的"宰夫和之，齐之以味"，宣公四年所说的"必尝异味"等，都是饮食之味。饮食的美味是人生理的一种满足，它是一种快感。而美感之味正是由快感之味发展而来的。

味与美感的连接是从老子将其与声、色相提并论开始的，先秦诸子有多人谈及这一问题。《老子》云："五色令人目盲，五音令人耳聋，五味令人口爽。"《论语·述而》曰："子在齐闻《韶》，三月不知肉味。"《孟子·告子上》云："故曰，口之于味也，有同嗜焉；耳之于声焉，有同听焉；目之于色焉，有同美焉。"《荀子·王霸》曰："故人之情，口好味而臭味莫美焉；耳好声而声乐莫大焉；目好色而文章至繁妇女莫众焉。"声、色、味给人以快感，而声在当时的观念中就是美感，因为在先秦人的意识里没有比乐更高尚的了。乐携带着仁和礼，表现了人的崇高的道德，而味也同样携带着道德意蕴。如上述孔子的在齐闻《韶》"三月不知肉味"，《韶》之美是一种道德之美，由这种道德美的浸染、感发，孔子的思想灵魂受到了巨大的震撼，连肉的美味也没有感觉了。

两汉时期，味的用法出现了一些新的苗头，那就是将味与语言联系在一起。刘向《说苑·君道》有一段记载：

> 汤曰："药食先尝于卑，然后至于贵，药言先献于贵，然后闻于卑。"故药食尝乎卑，然后至乎贵，教也；药言献于贵，然后闻于卑，道也。故使人味食然后食者，其得味也多，使人味言然后闻言者，其得言也少。是以明王之于言，必自他听之，必自他闻之，必自他择之，必自他取之，必自他聚之，必自他藏之，必自他行之。

这里提到了"味言"，所谓"味言"就是对语言的一种品味，这个"味"就不是味觉之味，而是一种品赏。味由名词进化为动词，开始进入语言的领地，这标志着一种有意义的转变，即味剥离了味觉的生理快感，进入了品味的心理快感，为其步入真正的审美迈出了至关重要的一步。

魏晋南北朝时期，关于味的认识产生了很大的变化，人们

第十一章 趣味：味中蕴味

已不再强调味觉方面的生理快感，而是强调意蕴方面的心理美感，追求言外之意。如陆机《文赋》云："或清虚以婉约，每除烦而去滥，缺大羹之遗味，同朱弦之清汜。虽一唱而三叹，固既雅而不艳。"葛洪《抱朴子·辞义》云："夫文章之体，尤难详赏。苟以入耳为佳，适心为快，鲜知忘味之九成，《雅》《颂》之风流也。所谓考盐梅之咸酸，不知大羹之不致；明飘飖之细巧，蔽于深沉之弘邃也。""大羹"即美味的羹，它是众多味道的复合。"入耳为佳，适心为快"依然指的是生理感官，不是心理美感。陆、葛在这里都强调对文章言外之意的追逐，这里的味都可等同于言外之意。毫无疑问，这个味已经属于审美评判的范畴，它已经正式进入了文学艺术审美鉴赏与批评的领域。

味作为一种审美理论是刘勰、钟嵘最后完成的。《文心雕龙》对味的审美意义有多层次的展示，我们可以将之归为以下几个方面：其一，味是一种审美的玩赏。这与味的词性转变有很大关系。刘向的"味言"之"味"，词性已经发生转变，由作为味道、滋味的名词转变为动词。到《文心雕龙》，味的这种动词化的使用已司空见惯。如《明诗》："至于张衡怨篇，清典可味。"《隐秀》："使玩之者无穷，味之者不厌矣。"《情采》："研味孝老，则知文质附乎性情""繁采寡情，味之必厌"。《总术》："味之则甘腴。"这些"味"都是玩赏之意。

显然，这是一种审美品赏，味是审美品评的一个概念。其二，味强调的是"文外重旨"和"复意"。刘勰认为，这是有余味的关键因素。《隐秀》篇曾经这样说："隐也者，文外之重旨者也；秀也者，篇中之独拔者也。隐以复意为工，秀以卓绝为巧，斯乃旧章之懿绩，才情之嘉会也。"又说："深文隐蔚，余味曲包。"这实际开启了后世味外之味理论的先河，有着深厚的审美意蕴。其三，味是作品所透露出来的美的意趣。此类概念主要有：余味（《宗经》等篇）、遗味（《史传》）、道味、辞味（《附会》）、义味（《总术》）、滋味（《声律》）等。至如单体的味字使用就更为频繁了。这些概念尽管表达的是美的意趣，但是，多少透露出刘勰与前人的瓜葛。这些味主要是指通过对语言的阅读所理会到的文章的美的意趣，它与作为味觉感官的味道是不一样的。

钟嵘的文学批评核心是滋味说，味成为他进行审美评判的一个有力的武器。《诗品序》云：

> 五言居文词之要，是众作之有滋味者也，故云会于流俗。岂不以指事造形，穷情写物，最为详切者耶！故诗有三义焉：一曰兴，二曰比，三曰赋。文已尽而意有余，兴也；因物喻志，比也；直书其事，寓言写物，赋也。宏斯三义，酌而用之，干之以风力，润之以丹彩，使味之者无

第十一章 趣味：味中蕴味

极，闻之者动心，是诗之至也。

钟嵘标举五言诗，认为五言诗是有滋味的诗，是因为它能使人"味之者无极，闻之者动心"。何以如此？这便涉及滋味的真正内涵。五言诗之所以富有滋味，是因为：第一，指事造形，穷情写物，最为详切。也就是说它能够生动地刻画出事物的美的形象，完美地描绘出事物的状态，并且在描绘的过程中注入了自己的真情实感。第二，斟酌采用兴、比、赋三义。钟嵘对三义的解释具有现代意义。他说，兴是"文已尽而意有余"，比是"托物喻志"，赋是"直书其事，寓言写物"。这便接触到了味的根本。第三，风力和丹彩兼具。风力就是风骨，丹彩是文学语言的文采，包括遣词造句等各种手段。这样，滋味的意义就丰实了。至此，味已经成为一种具有中华民族特色的审美鉴赏与批评理论。

二 "味外之旨"与"韵外之致"

钟嵘的滋味说已经揭示了五言诗的"文已尽而意有余"的特质。从钟嵘所论述的整体内容看，这似乎只是滋味的一个特征，他是将滋味作为一个完整的美学批评体系来构架的。味的美体现在它所呈现的意蕴含蓄、委婉和富有情趣等方面。钟嵘的思想到了晚唐的司空图那里得到了淋漓尽致的发挥。

在《与李生论诗书》中，司空图这样写道：

> 文之难，而诗之难尤难。古今之喻多矣，而愚以为辨于味，而后可以言诗也。江岭之南，凡足资于适口者，若醯，非不酸也，止于酸而已；若鹾，非不咸也，止于咸而已。华之人以充饥而遽辍者，知其咸酸之外，醇美者有所乏耳。彼江岭之人，习之而不辨也，宜哉。诗贯六义，则讽谕、抑扬、渟蓄、温雅，皆在其间矣。然直致所得，以格自奇。前辈诸集，亦不专工于此，矧其下者耶？王右丞、韦苏州澄澹精致，格在其中，岂妨于遒举哉？贾浪仙诚有警句，视其全篇，意思殊馁，大抵附于蹇涩，方可致才，亦为体之不备也，矧其下者哉？噫！近而不浮，远而不尽，然后可以言韵外之致耳。
>
> 盖绝句之作，本于诣极，此外千变万状，不知所以神而自神也，岂容易哉？今足下之诗，时辈固有难色，倘复以全美为工，即知味外之旨也。

司空图说"辨味难"，难就难在味不是单一一种，而是多味的复合。真正的美味就在于这多味的复合之中。他以江岭之南人们味觉的迟钝作比喻，由于习惯的因素，使得他们只知道

第十一章 趣味：味中蕴味

单一之味，酸则酸，咸则咸。而中原之人（华之人）却不喜欢这种单一之味，他们更喜欢咸酸之外的醇美之味。这说明，在味觉上，中原之人（华之人）比江岭之南之人胜出一等。司空图显然更推崇醇美之味，他对诗之味的态度也是如此。司空图将"六义"看成是不同诗味的表现，显然直接承袭了钟嵘的观点。因为钟嵘说过五言诗之所以富有滋味是因为采用了兴、比、赋三义。司空图虽然表面上讨论教化，实际上，他的诗味说与教化无关。这从他对"味外之旨"和"韵外之致"的强调上可以看出。司空图认为，诗的讽谕、抑扬、淳蓄、温雅都是不同的诗味，这涉及诗的意义表现、创作手段、风格特征、意境创造等许许多多的问题。可见味在司空图那里是一个丰盈而复杂的美感问题。

首先，从意义表现上来说，"味外之旨"和"韵外之致"是一种"复义"。真正优秀的文学作品意义都不是单薄的，意义结构都是复杂的，意义和情韵是多层次的，足以让人咀嚼不尽。这种复义有可能是意义上的层进关系，有可能是意义上的平行关系。它不仅与创作者有关，而且也与欣赏者有关。从创作的角度来说，这种复杂的意义结构是作家赋意的。作家在进行文学创作的过程中，自觉或不自觉地进行多重赋意，或使用隐喻，或借助于象征，使作品表现的表层意蕴和深层意蕴产生和谐的共振。如，曹植《洛神赋》的主旨不在于描绘洛神之美以及对洛神的情感缠绵，而在于表达对美的情感的追求和期望。同样，李商隐的《锦瑟》也不仅仅是渲染情感的怅惘和失落，而在于揭示人生如梦和无常。它们都在一定程度上实现了复义，是作家有意而为之。从接受的角度来说，欣赏者也参与了意义的创造，因此，复义也与阅读有关。不同的欣赏者由于其自身素质的差异和阅读环境的差异，每个人都能从作品中获得不同的意义，所谓"诗无达诂"即是此意。因此，从李商隐的《锦瑟》中，有人读出了思念，有人读出了悼亡，有人读出了爱情，有人读出了人生的无常。每一种读法都有自己的合理性，不可能强求划一。但是，读者对意义的创造有一个限定，那就是，它必须符合审美接受的规则。一篇文学艺术作品的真正价值就在于：它能不断地创造意义。这样，才能使之常读常新，有着永不衰竭的生命力。

其次，从创作手段上来说，"味外之旨"和"韵外之致"是各种创作手段使用的结果。作家、艺术家为了使自己的创作更具有艺术性，不可能采取单一的手段，对某一事件或情感作毫无起伏的平铺直叙，而是多种艺术和语言手段并用，以期达到某种立体的效果。作家为了实现自己的赋意的目的，或使用隐喻，或借助于象征，如司空图所说的抑扬、渟蓄等，都是创作手段。创作手段有大小之分，大的手段是创作方法，小的手段是语言修辞手法。它们都能够产生"味外之旨"和"韵外

第十一章 趣味：味中蕴味

之致"。单就象征和隐喻来说，也有大小的问题。大的问题是整体上的隐喻和象征，小的问题只是语言修辞上隐喻和象征，二者虽然都能够产生"味外之旨"和"韵外之致"，但是，效果会截然不同。韩愈的《毛颖传》实施的是总体的象征与隐喻，以毛颖（毛笔）的命运对应于文人的命运，富有强烈的"味外之旨"。屈原的《离骚》实施的是部分象征与隐喻，以香草美人对应于君子贤臣，以恶草臭木对应于小人奸臣，也实现了"味外之旨"。可见，要想使自己的作品具有味外之旨和韵外之致，创作手段是不可缺少的。它是营造美感氛围的一个重要的因素。

其三，从风格特征上来说，"味外之旨"和"韵外之致"是指不同风格特征的作品所产生的奇妙审美效果。风格凝结着作家、艺术家的特殊的思想情感和修养气质，是作家、艺术家情感的外在显现形式。风格的背后隐藏着很多内容，如作家、艺术家的生活经历、生活态度、政治观点、美学观点、个性气质等，这些，只要作者是一个诚实的作者，在其作品中基本上都有表现。读者在阅读作品、感受它的风格特征的同时，就是在与作者对话，与作者进行一种观念和情感的交流。任何一种风格的背后都隐藏着作家、艺术家浓烈挚热的情感，哪怕是极为冷淡孤僻的风格特征，依然有一种热情存在。人们读李贺的阴冷的诗，对他的阴冷，思索良多，回味良多，在思索和回味之余，同样能体会到他的热情。杜牧《李贺集序》曾经这样描述李贺的诗味："云烟绵联，不足为其态也；水之迢迢，不足为其情也；春之盎盎，不足为其和也；秋之明洁，不足为其格也；风樯阵马，不足为其勇也；瓦棺篆鼎，不足为其古也；时花美女，不足为其色也；荒国侈殿，梗莽丘垄，不足为其恨怨悲愁也；鲸呿鳌掷，牛鬼蛇神，不足为其虚荒诞幻也。"这就是风格所展现出来的"味外之旨"和"韵外之致"。细读司空图，我们能够感觉他有明显的风格偏好。他特别推崇澄澹精致的风格。在《与李生论诗书》中，他说："王右丞、韦苏州澄澹精致，格在其中，岂妨于遒举哉？"在《与王驾评诗书》中，他又说："右丞、苏州趣味澄夐，若清风之出岫。"可见，王维、韦应物是他心中的偶像。所谓澄澹精致，就是一种淡泊的情怀，一种超越世俗的生活态度和审美情趣。司空图认为，这样的作品具有味外之旨、韵外之致。因为这更贴近他的社会，更贴近他的情感。由此观之，读者对风格的欣赏也是因人而异的，他要寻求适合自己审美趣味的风格特征，认为这才是有趣味的，否则，就是无趣味的。

其四，从意境的创造上来说，司空图的"味外之旨"和"韵外之致"是指意境深远、形象鲜明的美感特征。要做到意境深远、形象鲜明，必须融合思与境。在《与王驾评诗书》中，他曾经说，"思与境偕"乃"诗家之所尚"。这就是说，诗歌应处理好思想情感与景物形象的融合关系，切实做到情景交融、虚实相生。做到这一点，诗也就有"味外之旨"和"韵外之致"了。

三 趣味的美感效应

趣味的美感效应在文学创造和接受中的表现都非常显著。在创作方面，作家如何表达思想、情感，创造艺术形象（意象、意境）？使文学作品具有"味外之旨"和"韵外之致"？这涉及多种艺术手段的运用。而在文学接受方面，如何才能领略作品的趣味？必须了解作家的思想、情感，会心于作家运用的艺术手段，同时发挥自己的审美创造性。一个作品的趣味并不单纯是作家赋予的，也是读者阅读创造出来的，是作者和读者的双向创构。在这一方面，司空图的贡献依然突出。按照司空图的思路，趣味的美感效应应该围绕以下几个方面来进行评判：

第一，"近而不浮，远而不尽"。所谓"近而不浮"是指形象而言，系指形象的近距离、鲜活，只有近距离，人们才能看得真切。"浮"是浮泛，意谓诗歌没有抓到形象的特征，只作一些无关紧要的浮泛描绘，不能做到亲切感人。"近而不浮"意谓诗歌一下子就抓住了问题的实质，形象的创造真切、鲜明、富有个性，给人以生动直观的印象。所谓"远而不尽"是指诗歌所描绘的意境深远，能够给人以无限丰富的想象。"远"如果指形象，会造成形象的朦胧，不符合诗味的要求；而如果是指意境，朦胧就是一种美了，给人以雾中看花的感觉。正因为"远"，才会"不尽"，"远"中蕴含着无穷无尽的意味。司空图对意境的远和近的要求，是一种极高的美学视界，体现了艺术创造中的辩证原则。这一"近"一"远"，形成了意境的虚实相生，情景交融，故而，能够产生无穷的韵味。

第二，"超以象外，得其环中"。这是司空图在《诗品·雄浑》中的表述。"超以象外"就是说，诗歌的创作不应拘泥于表面的形象描绘，要能够超越文字所表现的形象之外。要做到这一点，殊非易事。它要求诗人要有丰富的想象力和语言文字的驾驭能力。这种"超以象外"，就是陆机在《文赋》中所说的"虽离方而遁圆，期穷形而尽相"也就是离开了形象描绘的本身来达到形象塑造的目的。这涉及多种艺术和语言手法的运用。"环中"本意是指空虚之处，在这里，引申为最能打动人灵魂的思想情感意蕴。这是强调意境创造的虚灵。高妙的意境创造，不可拘泥于死的物象，要抓住活的意蕴。这样的作品方具有趣味。

第三，"不著一字，尽得风流"。此语出自司空图《诗

第十一章 趣味：味中蕴味

品·含蓄》。这是描绘含蓄的意义的，强调诗歌对语言的超越。含蓄是诗味之一种，这里既指语言，也指整个诗境。语言的表现是有限的，同时，语言的表现又是无限的。它的有限性在于，仅仅使用特定的书写形式（文字）表达无限丰富的意蕴，这限制了表达；它的无限性在于，这特定的书写形式（文字）的确表达了无限丰富的意蕴，这又张扬了表达。文学创作要力争抛弃语言的有限性特征，不要死于句下，对语言做出无限性的超越。这当然需要诗人的思想情感和才艺涵养。也只有这样，才能展示诗歌的趣味，创造更为完美的诗歌境界。

第十二章　意境：审美至境

"意境"又称为"境"或"境界"，作为中国古代文论、美学的核心范畴，其理论意涵丰富，理论意义重大。意境与思想、情感、形象有密切关联，故而，有人说，"意境"就是艺术形象，或干脆借用西方的诗学、美学的概念，说它是典型形象。围绕形象展开，有人贴近中国古代文论一步，说"意境"是情景交融，是意象。还有人说，"意境"并非形象本身，而是形象引起的情调和气氛，是虚实相生，是象外之意。真可谓仁者见仁，智者见智！从"意境"的发展来看，它已经融入到中国美学和艺术精神之中，是随着时代的发展不断地充实的。中国古代文论、美学对"意境"的认识有一个漫长的过程，先秦至魏晋南北朝，人们思考的焦点是"象"和"意"，强调"意境"的特征是"立象以尽意"；唐代以至宋元，开始注重对"思""境""象"的研究，强调"意境"的特征是思与境偕、境生于象外；明清时期，又注重对情景的研究，强调

"意境"的特征是情景交融；及至清末，又开拓出"有我之境"和"无我之境"，强调"意境"就是"境界"。这些，便构成了"意境"发展的逻辑线索。"意境"的美学品格正是在这一逻辑发展的过程中逐渐完善的。

一　意境的历史发展

"意境"概念虽然晚出，但理论雏形很早就已经孕育了。先秦时期的立象以尽意、感物、比兴等观念都能够与"意境"的生成联系在一起。最早使用"意境"这一概念且赋予其较明确意义的是唐代诗人王昌龄，他在《诗格》中首先提出了三境：

> 诗有三境：一曰物境。欲为山水诗，则张泉石云峰之境，极丽绝秀者，神之于心，处身于境，视境于心，莹然掌中，然后用思，了然境象，故得形似。二曰情境。娱乐愁怨，皆张于意而处于身，然后驰思，深得其情。三曰意境。亦张之于意而思之于心，则得其真矣。

这里的"意境"并不是人们今天所说的意境。其实，"物境""情境"和"意境"三者合起来才具备今天所说的"意境"的意义。按照王昌龄的描绘,"物境"是寄情于物;"情境"是取物象征,融物于情,直抒胸臆。那么,"意境"是什么呢?王昌龄对"意境"的内涵语焉不详,"张之于意而思之于心"并未道出实质性的内容。真正从本质上揭示"意境"内涵的是皎然、刘禹锡和司空图,他们将比兴、意象、诗味等结合起来研究,将"意境"理论推进到一个新的阶段。

皎然说:"取象曰比,取义曰兴,义即象下之意。凡禽鱼草木人物名数,万象之中义类同者,尽入比兴。"(《诗式·用事》)比兴的运用过程是意象的生成过程,亦即形象的创造过程,这实际是"意境"的创造问题。皎然明确地探讨了取境,他说:"取境之时,须至难至险,始见奇句。成篇之后,观其气貌,有似等闲,不思而得,此高手也。有时意静神王,佳句纵横,若不可遏,宛如神助。不然,何由先积精思,因神王而得乎?"(《诗式·取境》)在他看来,诗境的创造要从险难处着手,完成之后应给人一种"不思而得"的印象,没有任何雕琢之痕。在《诗议》中,他又说:"夫境象非一,虚实难明。"又把"意境"与虚实联系起来,这是皎然"意境"理论的重要收获。

皎然之后,刘禹锡又提出了"境生于象外"的问题,"境生于象外"是境在象外,其实强调的是"意境"的创造要做到"言有尽而意无穷"。司空图"意境"理论的主要贡献在于

第十二章　意境：审美至境

对"意境"层次的独到体悟。他综合了刘勰、皎然等人的思想，提出了"象外之象"和"味外之旨"的理论，描述了诗境的不同层次，发掘了诗境的深刻意蕴。宋代的"意境"理论以"兴趣"为中心。严羽阐发了"兴趣"理论，将司空图的"象外之象"和"味外之旨"的理论意旨进一步完善。在严羽看来，诗的写作与读书、穷理没有什么关系，因为诗是"不涉理路，不落言筌"的。严羽朦胧地感觉到诗境应有一种圆融、玲珑的美学特质，它通体透明而又难以从直观上把握，它借助于一定的物质实体如语言、形象存在而又空灵虚幻，不可捉摸。因此，他认为诗歌追求的美学极致是"玲珑透彻，不可凑泊"。而要实现这种意境必须依靠"妙悟"，只有"妙悟"才能使诗境"如空中之音，相中之色，镜中之象"，达到"言有尽而意无穷"。明代"意境"理论的发展主要体现在以公安派为代表的诗学观念中。公安派强调"独抒性灵，不拘格套"（《叙小修诗》），具有强烈的创新意识。袁宏道认为，"意境"的创造只要达到了"情与境会"的自然状态也就满足了。"情与境会"是情景的圆融状态，是情感和境界的有机融合。在这种状态下，文章的佳处自然闪亮无比，连瑕疵也显得质朴可爱。这与宋代以来的追求"意境"的"玲珑透彻"形成了鲜明的对比。这说明，"意境"的发展在每一个时代都有不同的要求。它的内涵不是固定不变的，也是不断充实的。

清代是"意境"理论集大成的时期。先有王夫之的"情景关系"说，后有王国维的"境界"说。王夫之认为，情与景处在相互依存的关系之中，它们之间是相互包含和相互生发的。"情景名为二，而实不可离。神于诗者，妙合无垠。巧者则有情中景，景中情。"（《姜斋诗话》卷下）他强调"以写景之心理言情，则身心中独喻之微，轻安拈出"（《姜斋诗话》卷下），就是强调善于把抽象的情思转化为形象的景物，将"情语"变成"景语"。王国维将"意境"易名为"境界"。他公然声明："然沧浪所谓兴趣，阮亭所谓神韵，犹不过道其面目，不若鄙人拈出'境界'二字，为探其本也。"（《人间词话》）他将境界分为"造境"与"写境"、"有我之境"与"无我之境"、"诗人之境界"与"常人之境界"等多种类别，从各个角度来加以探讨，完整揭示了"意境论"的美学内涵。王国维"境界"理论的提出，标志着中国古代"意境"理论又向前推进一步。

二　意境的层次

宗白华在《中国艺术意境之诞生》一文中曾经说过，"艺术意境不是一个单层的平面的自然的再现，而是一个境界的层深的创构"。它有"直观感相的模写""活跃生命的传达"和

第十二章 意境：审美至境

"最高灵境的启示"这三个层次。① 这三个层次是通过他具体分析蔡小石《拜石山房词》序里的一段精妙描绘得来的。蔡云："夫意以曲而善托，调以杳而弥深。始读之则万萼春深，百色妖露，积雪缟地，余霞绮天，一境也。再读之则烟涛澒洞，霜飙飞摇，骏马下坂，泳鳞出水，又一境也。卒读之而皎皎明月，仙仙白云，鸿雁高翔，坠叶如雨，不知其何以冲然而澹，翛然而远也。"蔡小石所描写的这三种境界，第一种境界（"万萼春深，百色妖露，积雪缟地，余霞绮天"）就是"直观感相的渲染"，其特点在于静与实；第二种境界（"烟涛澒洞，霜飙飞摇，骏马下坡，泳鳞出水"）是"活跃生命的传达"，其特点在于飞动而虚灵；第三种境界（"皎皎明月，仙仙白云，鸿雁高翔，坠叶如雨"）是"最高灵境的启示"，其特点在于超迈而神圣。这涉及意境的审美构成。如果从写形的角度来理解，人们可以将意境分为三个层次。第一层即"有形"，第二层即"虚形"，第三层即"无形"。"有形"是指"象"，亦即象内之象，或象之本身，按照宗白华的说法，是艺术的"直观感相的模写"。它是借用人的眼耳感官视听到的静而实的形象，是艺术表达的表层次。"虚形"是指象外之象，境中之意，按照宗白华的说法是"活跃生命的传达"。它是人们难

---

① 宗白华：《美学散步》，上海人民出版社1981年版，第74页。

以凭借感官看到或听到的"动而虚"的精神情感意向,属于艺术的中层次。"无形"是指"大音希声,大象无形"、境外之意、无形的体道光辉,按照宗白华的说法是"最高灵境的启示"。它是超越情与象、宇宙本心、天地之道的,具有神而圣的特点。这是艺术的最高层次。概括地说,"有形"就是"境","虚形"就是"境中之意","无形"就是"境外之意"。这就是"意境"的三个层次。

第一层次:境。境是象内之象。它表征为审美对象的外部物象,包括文学艺术作品中的笔墨形式和语言所构成的可见之象。"孤帆远影碧空尽,唯见长江天际流""枯藤老树昏鸦,小桥流水人家,古道西风瘦马",这里所描写的景物如帆、藤、树、鸦、桥、道、马等,都可称之为境。这种境(象内之象)在空间上是有限的,在时间上也仅是一瞬,具有鲜明的感官性、再现性、此岸性。虽然具有生动、鲜活之感,但是不足以构成完整的意境,甚至不足以成为艺术。只有当这些客观物象进入人们的情感领域,打上审美主体的精神印痕,才能成为真正的艺术。王安石有诗:"鸣蝉更乱行人耳,正抱疏桐叶半黄。"(《葛溪驿》)蝉作为自然界的生物在这里成为扰乱诗人心境的主谋,叶黄而稀疏的桐树则成为人生命衰败的象征。蝉和桐叶被情感化了,其情感化的印记就是一个"乱"字和一个"黄"字,这两个字就表明蝉和桐叶不仅仅是境,

第十二章 意境：审美至境

而是诗人情感意绪的寄托之物。同样，帆、藤、树、鸦、桥、道、马等，也只有当它们成为孤帆、枯藤、老树、昏鸦、小桥、瘦马时才具有审美的意义，因为，它们传达了诗人孤独、苦寂、凄清的心境，实现了审美客体之景和审美主体之情的统一。这是"意境"形成的关键。

第二层：境中之意。境中之意是象外之象。它具体表征为审美创造主体和审美欣赏主体的情感表现性与客体对象的现实之景和作品形象的融合。对这一问题，刘禹锡和司空图谈得较为透彻。刘禹锡《董氏武陵集纪》写道："诗者其文章之蕴邪？义得而言丧，故微而难能，境生于象外，故精而寡和。"司空图《与极浦书》云："戴容州云：'诗家之景，如蓝田日暖，良玉生烟，可望而不可置于眉睫之前也。'象外之象，景外之景，岂容易可谈哉？"这"境生于象外"与"象外之象，景外之景"就是司空图在《与李生论诗书》中所说的味在咸酸之外、"韵外之致"、"味外之旨"。一般认为，这是对文学艺术最高境界的描述。"象外之象"的前一个"象"就是"境"，即没有进入审美层次的客观物象，而后一个"象"却是艺术形象，即融入了诗人情感意趣的形象。这个"象"也就是严羽所说"空中之音，相中之色，水中之月，镜中之象"（《沧浪诗话·诗辨》）的"音"、"色"、"月"、"象"，也就是王夫之所谓的"景外设景""景外取景"。意境的这一层次

— 171 —

是不能脱离第一层而存在的,它与第一层共同构成了意境的美学意蕴,但并不是最高级的。处于"象外之象"的境域,所描写物象已经具有了人的性格,打上作家、艺术家性情的印迹。这时,主体和客体之间已经存在了亲密的精神交流,产生了审美移情的现象。于是,人们才会有这种感觉:"春山如笑,夏山如怒,秋山如妆,冬山如睡。四山之意,山不能言,人能言之。"(恽格《南田画跋》)处于"象外之象"、"境生于象外"的意境层次中,意与境会,心物相契,情景相融,虚实相生,心完全化为物,物也完全化为心,情景心物妙合无垠,这被视为高妙意境的象征。

第三层:境外之意。境外之意是文学作品中所表现的无形之象,它集中代表了中国人的宇宙意识:大音希声,大象无形,唯道集虚,体用不二。这是艺术意境的灵性。境外之意(无形之象)是意境的最高层次,它是不能独立存在的,它要依赖前两个层次。因此,它自己并不形成意境的一个单独的类型。这种境外之意(无形之象)达到了"无"的哲学本体高度,是对道体光辉的传递。而只有秉承了宇宙之气的生命心灵,方能在"澄怀味象"之中达到审美的最高境界。显然,这种最高境界的审美意境是深受道家哲学的影响的。道家哲学是讲究心体斋戒的,其最佳的途径是"听之以气"(《庄子·人间世》)。意境的创造当然离不开"气","气"能够使天人

第十二章 意境：审美至境

达到"合一"的境界，这也是意境的最高境界。这种境界既使宇宙和心灵得到了净化，又使宇宙心灵得到了深化。人只有在超脱的胸襟里才能够体味这宇宙的深境。境外之意不是情与景的简单相加，而是情、景、道在人的审美体验中的统摄、聚合、交融。在这种"无形之象"的最高境界中，景全是情，情又具象为景，它是一个独特的宇宙，是人的精神想象，并非人间的真实存在。

由此可以看出，"境"（象内之象）、"境中之意"（象外之象）、"境外之意"（无形之象）是"意境"的三个不可分离的层次，它们之间是对立统一的。"有形"之象必须经过主体情思（"虚形"）的加工才能染上一种意绪，形成一种氛围，换言之，"虚形"（主体的审美体验）是由于物象（"有形"）的感发和诱导，才发为心声。它具有极大的能动性。"有形"除了感染兴发主体情思（"虚形"）以外，还成为主体情思所寄、意绪所蕴的象征。更进一层，"无形"给"有形"以灵魂和生命力，它统摄万物，化育天地万有，处于心与物之上。然而，"有形"不能离开"无形"而存在，"无形"也不能离开"有形"而存在。这就是说，道依存于物，物为道所统摄。

艺术意境将人的瞬息存在与永恒结合在一起，这种结合是基于人生哲思的冲动。然而，艺术家创造"意境"的过程与哲人的思考殊途同归，都是为了寻求人生的终极意义。"意境"的创造过程是由形入神、由物会心、由景至情、由情至灵、由物知天、由天悟心的心灵感悟和生命超越过程,是一个变有限为无限、化瞬间为永恒、化实景为虚境的过程,是一颗颗心灵与人类历史沟通的过程。这一过程无终结性和确定性,使"意境"成为一个召唤结构,幽深浩渺,难以穷尽。

三 意境的审美特征

"意境"注重的是表现性。它不像西方的情节、结构、典型形象那样铺排写实,以形象的清晰性、结构的确定性和情节的完整性取胜,它追求的是真力弥满、万象在旁的主体心灵超越和抟虚成实的审美意趣。这就决定了意境具有以下审美特征:

第一,虚实相生的取境美。中国古代文论是强调文学艺术创作虚实结合的,其理论的源头在于道家哲学的有无相生论。虚实理论在汉代曾经遭遇波折,以王充为代表的理论家坚决反对艺术虚实手法的运用,强调"疾虚妄",但是并没有阻挡汉代文学艺术对意境的创造。这种状况到魏晋时有所改观。陆机明确地说:"课虚无以责有,叩寂寞而求音;函绵邈于尺素,吐滂沛乎寸心。"(《文赋》)就是说,文学创作是一个容纳虚实的过程,离开虚实无以创造文学的意境。到了唐代,皎然则

第十二章 意境：审美至境

说"境象非一，虚实难明"，指出意境创造虚实的复杂性。后来的境象理论无不囊括虚实。即便"意与境谐"也包蕴了意境在多种样态上虚实相生的素质。

第二，意与境浑的情性美。意境的融合真切地表达了性情，感染了他人。王国维说："文学之事，其内足以摅己，而外足以感人者，意与境二者而已。上焉者意与境浑，其次或以境胜，或以意胜。苟缺其一，不足以言文学。"（《人间词乙稿序》）在王国维看来，意与境的结合方式，可以意与境浑，也可以意胜，也可以境胜。无论那一种结合方式，都能构成"意境"。在意与境的结合中，"境"是多种多样的。它可以写景，可以叙事，可以状物，可以绘人，可以多种因素综合。意与境的结合，"意"中必含情。情是"意境"的基本要素，无情不成"意境"。有些诗词，专作情语，堪称"情境"。王国维说："境非独谓景物也，喜怒哀乐，亦人心中之一境界。故能写真景物，真感情者谓之有境界。否则谓之无境界。"（《人间词话》）"意"必含情，但又不限于情。"意境"中的"情"是以"理"为基础的，并受"理"的控制。感情和思想联系着，这便是情思。清人沈德潜说过："人谓诗主性情，不主议论，似也，而亦不尽然……但议论须带情韵以行，勿近伧父面目耳。"（《说诗晬语》卷下）以理入诗，并非不能创造意境，关键是能否做到理与情融。苏轼的《题西林壁》("横看成岭侧成峰")和朱熹的《观书有感》("半亩方塘一鉴开")都是说理的诗,但都鲜明生动,做到情与理融。

第三,深邃悠远的韵味美。艺术意境是心中之意和心中之境的结合,在意与境的和谐统一中产生了一种独特的东西,古代文论、美学称之为"韵味"。"韵"本来是说声音的,余音绕梁,谓之韵味无穷。在诗歌中,韵味存在于直接意象和间接意象的和谐统一中,诗要有韵味,必须"言有尽而意无穷"。"意境"的韵味美是感性美和理性美的结合,是直接意象和间接意象的统一。它给人无穷无尽的审美想象。王国维说:"'红杏枝头春意闹',着一'闹'字而境界全出;'云破月来花弄影',着一'弄'字境界全出矣。"(《人间词话》)何以如此?因为"闹"字把红杏枝头的颜色、状态、声音、动作等联结起来,沟通了视觉意象、听觉意象和动觉意象,形成一幅独立而完整的春景。不仅如此,"闹"字还把人的感情表现出来。这样,一个"闹"字从直接意象导向间接意象,构成了这首词的意境,产生了韵味。在中国古代文学中,通常运用通感、联觉、移情、比拟、物化等手段,依靠直接意象的扩大、延伸、增殖、引发,导向间接意象,从而,形成文学的韵味,创造出艺术至境。

四 "有我之境"和"无我之境"

"有我之境"和"无我之境"是王国维意境理论的核心。王国维说,"有我之境"是"以我观物"而"物皆著我之色彩";"无我之境"是"以物观物,不知何者为我,何者为物"。显然,这是就诗词所展示的物我之间的关系而言的。也就是说,作者在诗词中所描写的景物上留没留下属于自己的明显的印痕是判定"有我"和"无我"的标准。实际上,这个标准的划分存在很多矛盾。王氏在分析"无我之境"的时候说,"以物观物,不知何者为我,何者为物"。"无我之境"实现了真正的天人合一,物我交融,我就是物,物就是我,这还是"有我",不是"无我"。从这里也可以看出王氏的矛盾,"有我之境"和"无我之境"的划分的确不是科学的划分。

然而,"有我之境"和"无我之境"确实又是一个重要问题。朱光潜在他的《诗论》中也说王氏"有我"和"无我"的分别是一个"很精微的分别",但是"所用的名词似待商酌"。他提出用"同物之境"和"超物之境"代替王氏的"有我之境"和"无我之境",以为可以弥补不足。叶嘉莹说,王氏的"有我之境""原来乃是指当吾人存有'我'之意志,因而与外物有某种对立之利害关系时之境界","无我之境"

"是指当吾人已泯灭了自我之意志,因而与外物并无利害关系相对立时的境界"。[①] 以物我之间是否有对立的利害关系来确定"有我之境"和"无我之境",似乎也不符合王氏之本意。尽管王氏受康德、尼采、叔本华影响很深,但是,他还是按照中国传统的思维讨论了这些问题。因为中国传统哲学在认识主体与客观对象的关系时是不强调对立的,只强调统一。沿着这条思路来理解王国维的"有我之境"和"无我之境",恐怕更能接近王氏的原本意图。

王国维"有我之境"和"无我之境"的划分,虽然存在着不科学的因素,但是他的本意还是想区分境界的不同类型和层次。他反复强调诗词表达性情,并不说诗词不能明理。诗词表达人对宇宙人生的认识和感悟,展现了作者的理想和抱负。表达情感是境界的一个方面,在表达情感的同时,又能融情于理,展示深刻的宇宙人生真理,这是境界的另一个方面。在某种意义上,可以说,这是境界的更为高级的层次。由此,王国维说:"诗人对宇宙人生,须入乎其内,又须出乎其外。入乎其内,故能写之;出乎其外,故能观之。入乎其内,故有生气;出乎其外,故有高致。"(《人间词话》)所谓"入乎其

[①] 参见叶嘉莹《王国维及其文学批评》,河北教育出版社1998年版,第201页。

第十二章　意境：审美至境

内"，就是用自己的情感去观照宇宙万物，描写宇宙万物；所谓"出乎其外"，就是融情于理，在表达情感的同时又展示了深刻的人生哲理。"有我之境"就是"入乎其内"，"无我之境"就是"出乎其外"。然而，王国维又说："古人为词，写有我之境者为多，然未始不能写无我之境，此在豪杰之士能自树立耳。"也就是说，真正能够实现融情于理的作品较少，只有一些豪杰之士才能为之。

　　为了更进一步说明王国维"有我之境"和"无我之境"的区分意图及意义，我们可以以他所列举的诗词作品为例来分析。他说，"泪眼问花花不语，乱红飞过秋千去""可堪孤馆闭春寒，杜鹃声里斜阳暮"，这是"有我之境"。前一句出自冯延巳的《鹊踏枝》，后一句出自秦观的《踏莎行》。冯延巳的《鹊踏枝》是一组词，多托怨妇女子之口，代人立言，表达惆怅感伤之思绪。"泪眼问花花不语，乱红飞过秋千去"，一写"泪眼"，表明主体的出现，这是"有我"。"泪""乱"都是悲伤之词，以此显示主体情感之悲伤。同时，乱红飞落，这种残春的景象又加重了情感的悲伤意绪。主体悲伤，是因为主体无以向人倾诉，难以排泄内心之情感，故问花。花本无情之物，在主体的折射下，也有了感情。"花不语"是移情于花。"不语"写花之沉默，花之感伤。二写主体，写主体内心的伤感意绪难以用语言表达。这句词写女子的伤感，情景交融，形象传神。人们能从诗中明确看出主体的存在，主体的情感基调也很明显，并没有深刻哲理。这就是王国维所说的"有我之境"。秦观词《踏莎行》是寓居郴州旅馆所作，同样表达自己的孤独和伤感。"可堪"是不堪忍受之意，这一语表明了主体的存在。"孤馆"不仅是一个孤独的旅馆，更是一个孤独的人。旅馆在这里被人格化了，被拟化为一个孤独的象征。旅馆虽然挡住了料峭的春寒，但是，挡不住人的孤独的心绪。"杜鹃"自古被认为是一种悲伤之鸟，传说是蜀帝杜宇所化，声音悲凉，催人回归，口中啼血，故而，白居易有"杜鹃啼血猿哀鸣"之句。"斜阳"写天色已晚，又一天过去了，夜临近了，这表明孤独的加剧。在这里，孤馆、春寒、杜鹃、斜阳都被词人情感化了。这就是王国维所说的"入乎其内"，主体进入了客观描写的对象之中，使客观对象都打上情感的色彩。而除此之外，并没有什么高深的哲理意趣。从这里，人们看到了"有我之境"的内涵。有"有我之境"的诗词必须符合以下几个方面的条件：（1）主体的情感意绪明确；（2）情景交融，形象传神；（3）充满移情的意象；（4）没有高深的哲理或说理。具备此，方能称之为"有我之境"。

而"无我之境"是怎样的呢？王国维举诗："采菊东篱下，悠然见南山""寒波澹澹起，白鸟悠悠下"，这些都是"无我之境"。前一句出自陶渊明的《饮酒》组诗第五首，后

第十二章 意境：审美至境

一句出自元好问的诗《颖亭留别》。陶诗着重表达的是一种自然的情感意趣。"采菊东篱下"就描写的是一种行为，不带有明显的情感倾向。这一句显得比较枯淡，不像"泪眼问花花不语""可堪孤馆闭春寒"那样情感浓烈。"悠然见南山"显得有一点情感意趣，"悠然"虽然是一种情感意向，但是给人的感觉是懒洋洋的、不经意的。因此，可称"无我"。然而，诗人的意绪就表现在这懒洋洋和不经意中。这表现了诗人的淡泊心境，融入了浓烈的哲理意蕴。"采菊"是一种高雅的行为，"菊"是一种高洁的象征。因为，它不仅在众芳消歇的秋天怒放，而且能够入药，治病养生。"采菊"的行为就是积极生存的一种表现。这种积极生存不是以轰轰烈烈干一番政治事业为基准的，而是淡泊以养性，始终保持一种与世无争的心态。这样，诗的味道就出来了。它展示了陶渊明的玄学心境。同样，"寒波澹澹起，白鸟悠悠下"也具有闲适枯淡的意蕴。表面上看，这是一句纯粹的写景诗。写"寒波"，是"澹澹"的；写"白鸟"，是"悠悠"的。"澹澹"和"悠悠"都具有闲适之意，这不单单是波浪和鸟的闲适，而是人的闲适。处于政治的风口浪尖上，人难免有得失之感，荣辱之叹，情感一时失落，而在自然的境域之中，看到鲜活的生命和变化多端的自然现象，心情平静了，得失和荣辱都忘却了，只保留了一种生命的本真。这是生活的最高境界。因此，王国维称"无我之境"是"出乎其外"。从这里,我们可以看出,"无我之境"必须符合下列几个条件:(1)情感意向淡漠;(2)景物寄寓深刻;(3)哲理意味浓烈;(4)超越世俗倾向明显。

尽管"有我之境"和"无我之境"的概念运用存在一些问题,但是,理论本身所蕴含的意义却是有价值的。这是王国维对意境理论的一大贡献,也是中国古代文论贡献给世界的宝贵遗产。

第十三章　知人论世与以意逆志

"知人论世"和"以意逆志"是孟子针对《诗三百》的阅读所提出的方法，后来，成为中国古代关于文学批评与鉴赏的总体原则。表面上看，这是两种方法，其实，它们之间是无法分开的。"知人论世"强调的是在阅读作品之前，先了解作者及其所处的时代，因为，古人认为，人文一体，文为心声，要想更真实、本质地接近文本，必须要全面地认识作者，了解作者及其生活的时代。"以意逆志"则反过来看同样的问题，即通过文学作品的阅读，能够认识作者的思想情感，进而认识作品产生和表现的时代。显然，这是一个科学的论断。正是因为"知人论世"和"以意逆志"具有科学性、客观性，千百年来，它才一直为广大的文学阅读者和批评者所尊奉。在他们看来，只有做到了"知人论世""以意逆志"，才能实现对作家、作品的真正理解。

一　知人论世

"知人论世"的方法最早由孟子提出，它是一个真正意义上的文学批评的方法。这不仅是因为孟子在谈论这一命题时明确提到"诗"，将"诗"作为一种重要的批评文本，更有意义的是，孟子将颂诗、读书、知人的方法与传统对文化典籍的观念结合起来，主张通过对文学作品和相关著述的阅读，实现对人、对社会、对时代的本真的了解。联系《左传》《论语》等传统经典对《诗三百》的认识，并进一步从"诗言志"的观念出发，认真反思一下中国古代文论关于这一论题的阐说，人们就能够理解，孟子为什么要提出这么一个问题，以及这一问题所具有的现实意义。

《孟子·万章下》云：

> 一乡之善士，斯友一乡之善士；一国之善士，斯友一国之善士；天下之善士，斯友天下之善士。以友天下之善士为未足，又尚论古之人。颂其诗，读其书，不知其人，可乎？是以论其世也。是尚友也。

这就是"知人论世"的发源，其中蕴含着孟子的理想。

第十三章 知人论世与以意逆志

孟子以为，通过对古人的阅读和理解，使古人成为自己的精神之交，自己也可能成为后世万代愿意结交的"善士"。这就是孔子所谓的"立言不朽"。做到了这一步，也就实现了人生的最大价值。

从孟子言说的具体语境来看，"知人论世"包含着两个层面的内容：其一是"知人"；其二是"论世"。这两个层面的内容相辅相承，相互关联，都以颂诗、读书作为前提。"知人"和"论世"皆由颂诗和读书引出，通过"知人""论世"更好地理解文学作品，或者通过阅读、理解文学作品更好地"知人论世"。"知人"是指了解人的性格、情感、思想、修养、气质以及审美好尚，等等。古人认为，作家的性格、情感、思想、修养、气质以及审美好尚都决定了作品的风格，这些风格以生动的感性形式真切地存在着，使人们在阅读欣赏文学作品的同时也了解了作者，实现了知人。

为什么通过文学作品就能够知人？文学作品中何以存在知人的因素？这是我们应该认真思索的。中国古代的理论家之所以将话说得这样绝对，是因为他们坚信诗是能够"言志""缘情"的。也就是说，他们坚信文学是真实地表现自我的。不仅文学，所有的文章都以真为本，杜绝虚伪与夸饰不实。从孔子开始，就坚持以文、行、忠、信立本（此谓"孔门四教"），教人作文、修身应心存忠信。孔子曾经提出"修辞立其诚"

的语言观，就是说语言要表现人的真诚，表现人的真实性情。后来，这便成为古人进行文学创作的信条，无论作诗、作文都以此为准则。孟子崇尚善人、信人，认为善人、信人都是符合"仁"的人，也就是他所说的"大人"。"大人者，不失其赤子之心者也。"（《孟子·离娄章句下》）这种"赤子之心"，是纯真无伪之心，是真心。文学就要展现真心。先秦诸子无论是哪家哪派都非常尊重"真"，真是一种至高无上的美学标准。这对后来的文学观念的发展产生了实质性的影响。汉代大儒扬雄说："故言，心声也；书，心画也；声画形，君子小人见矣。"（《法言·问神》）言为心声，语言是人的真实情感和心理的表现，透过语言的屏障，人们能窥见言说者最隐秘的情感和心理世界，没有任何可以隐瞒的，没有任何不可以表现的。一直到明末，李贽还高扬"童心"说："夫童心者，真心也；若以童心为不可，是以真心为不可也。夫童心者，绝假纯真，最初一念之本心也。若失却童心，便失却真心；失却真心，便失却真人。人而非真，全不复有初矣。""天下之至文，未有不出于童心焉者也。"（《童心说》，《李氏焚书》卷三）仍然把表现真实的思想和性情作为最高的准则。由此可见，"知人论世"这一文学审美接受观念所提出的前提和依据是文学表现了作家的真实性情。正是因为文学表现了作家的真实性情，"知人"才是必然的。

第十三章　知人论世与以意逆志

中国古代作家将自己的文学创作与自身相等，言志，抒情，也为"知人"创造了无限的可能性。绝大多数作家以自己的情感经历为创作题材，许多作品就是"实录"。文学与历史相等同。人们一直是这样认识《诗经》的，也是这样认识屈原和其他作家的。司马迁作《屈原贾生列传》，以屈原作品所记述的内容为依据，杜甫的诗歌被称为"诗史"，足见古代文学的实录本相。历代作家的创作都被视为作家的生活和心灵的真实记录。这更助长了"知人"的权威性。从作家的文学作品中发掘作家的思想、情感、修养、气质以及审美趣味，是文学批评家和鉴赏家必须做的事情。"知人"成为考察作家创作和审美心态的一种必不可少的手段。

"知人"并不局限于对作家自身的了解。任何一个作家都生活在特定的历史时代，生活在特定的地域之中，与这个特定的历史时代和地域发生关系。在他的身上，必定会打上这个特定的历史时代和地域的表征，留有这个特定历史时代和地域的印痕。因此，要想全面的"知人"，必须"论世"。"论世"就是了解作家所生活的时代和地域状况，发掘时代和地域的社会政治、经济和文化环境对文学创作的影响。无论中外古今都非常强调这一点。法国18、19世纪之交的史达尔夫人曾经从社会制度的差异考察民族文学的差异，探讨了宗教、社会风俗、法律对文学的影响，并运用这种方法研究了西欧各国的文学，提出了西欧南北文学的界说，对后世的文学批评方法的科学化有重大贡献。19世纪中后期，法国文艺理论家丹纳则提出了著名的种族、环境、时代三元素说，强调人的先天的生理和遗传因素、地理和气候等自然因素、社会环境因素对文学的制约作用，并且认为，种族体现了民族的精神，环境孕育了民族的艺术，时代推动了艺术的发展。这些，都运用的是社会历史的方法，进行的就是"知人论世"的批评。对时代、环境的考察，中国古代开始得更早。在汉代，曾经展开了对屈原的大规模的讨论，所运用的方法就是"知人论世"，而且，"论世"的特点极为突出。尤其可贵的是，在这次较为广泛的讨论中，对屈原的评价产生了很大的反差。一种观点认为，屈原人品高洁，可比拟于日月；另一种观点认为，屈原露才扬己，毫无谦逊。这就展示了"知人论世"的复杂性，给人们正确认识和运用这一方法予以充分的提醒。刘勰在《文心雕龙》中也有大量篇幅论述时代、环境对文学创作的影响，特别注重学术文化的作用。他以"时运交移，质文代变"立论，以纵向的、史的眼光对此前的文学发展做了比较详尽的描述，这都是"论世"的内容。文学批评和审美接受至今也无法摆脱"知人论世"的方法，这就说明，这一方法有着强大的生命力。

"知人论世"是对作家思想情感及其生活时代的还原，但是这种还原又很难是本质的。古代的文学理论家所提倡的

"知人论世"都是理想化的,都力图无限地接近作者和他所生活的时代,对作家所创作的文学作品做最本真的透视。孰不知,要做到这一步极其困难。这是因为,文学阅读欣赏者受到自身所处时代环境和自身个性的限制,不可能重合于作者,消除作者和他生活时代的距离。文学阅读欣赏者和作者之间存在着天然的历史性,这种历史性以极其顽强的生命力存在着,是不可能消弭的。同时,文学阅读欣赏者又在一定程度上受"前理解"的支配。这种"前理解"往往以先入之见干扰文学阅读欣赏者,使得他们在接受的过程中不可能不产生偏差。如何对待这种偏差,这是当今接受美学的一个重要课题。尽管这一课题已经多层次多角度的开展,但是,还远远不够完善。但是,这并不说明"知人论世"的命题在今天已经失去了价值,只是表明它有一定的历史局限。"知人论世"的思想,无论是作为一种理想还是作为一种现实的要求,至今仍有意义,还有进一步深入研究的必要。

二 以意逆志

"知人论世"是文学阅读、批评、鉴赏的总原则。围绕这一原则,生成了一系列法则。"以意逆志"便是其中重要的一种。焦循《孟子正义》援引顾镇语云:"夫不论其世,欲知其人，不得也。不知其人，欲逆其志，亦不得也。孟子若预忧后世将秕糠一切，而自以其察言也，特著其说以防之。故必论知人而后逆志之说可用之。"① 可见，"以意逆志"是以"知人论世"为基础的。不知人，就无以论世。

"以意逆志"也是孟子提出的文学接受观念。这一观念的出现缘于孟子和弟子咸丘蒙关于《诗》的讨论，其本意在于辨明君君臣臣、父父子子之道，但是却涉及对《诗》的理解和接受的根本问题。《孟子·万章上》云：

> 咸丘蒙曰："舜之不臣尧，则吾既得闻命矣。《诗》云：'普天之下，莫非王土；率土之滨，莫非王臣。'而舜既为天子矣，敢问瞽瞍之非臣，如何？"曰："是诗也，非是之谓也；劳于王事，而不得养父母也。曰：'此莫非王事，我独贤劳也。'故说诗者，不以文害辞，不以辞害志。以意逆志，是为得之。如以辞而已矣，《云汉》之诗曰：'周余黎民，靡有孑遗。'信斯言也，是周无遗民也。"

从这一段对话中可以看出，孟子充分运用"知人论世"

---

① （清）顾镇：《虞东学诗·以意逆志说》，焦循《孟子正义》引述顾镇语，中华书局1998年版，第639—640页。

第十三章 知人论世与以意逆志

的方法，对诗的本原意义做了精细的考察。咸丘蒙在解说《诗·小雅·北山》时，忽视了诗歌产生的具体的历史环境和诗人心态，仅从字面绝对化地理解了这首诗，导致对诗意的歪曲。孟子准确看到咸丘蒙的失误，主张应该回到诗歌创作的现场去寻找诗人意图。他指出，这是一首怨诗，诗意在语言的反面，由此引出了"以意逆志"的阅读方法。孟子强调，对诗的阅读，千万要牢记一点，不要因为文采而妨碍了对语言意义的理解，不要拘泥于语言的表面意义而影响了对诗人志向的理解，要从"知人论世"出发。这才是阅读的正确态度。

虽然孟子的态度比较鲜明，要求回到诗歌创作的现场，回到知人论世。但是，如何回到现场？如何"知人论世"？古今却有着截然不同的态度。回到诗歌创作的现场是为了准确追索诗歌创作的原本意图，这是一种绝对客观的方法。这种方法的困难之处在于，由于各种因素的阻挠使得读者想真正地到达诗歌创作的现场几乎不可能。"知人论世"是从诗人的思想、情感、人生经历、知识修养、审美趣味、时代背景、历史情境等出发去理解诗，它有可能回到了诗歌创作的现场，而更多的可能是无法达到诗歌创作的现场，只是依据诗人的思想、情感所做出的臆测。这两者导致的结果可能不一样。这也是后人对"以意逆志"理解产生分歧的主要原因。历来关于"以意逆志"的解释，主要观点有以下两种。

其一,"意"是指读者之心意,"志"是诗人之心志;"以意逆志"就是以读者之心意去求取诗人之心志。东汉赵岐和南宋朱熹都坚持这么一种看法。赵岐《孟子章句》解释道:"文,诗之文章,所引以兴事也。辞,诗人所歌咏之辞。志,诗人志所欲之事。意,学者之心意也。""学者之心意"就是读诗者之心意。朱熹《孟子集注》云:"言说诗之法,不可以一字而害一句之义,不可以一句而害设词之志,当以己意迎取作者之志,乃可得之。""以己意迎取作者之志"就是从读者的思想情感出发去理解作者之意。这都是在强调"以意逆志"是以读诗者的心意去求取诗人之心志。赵岐、朱熹都是坚信儒家思想的学者,在他们看来,孟子在说"以意逆志"之时实际上已有一个先在的前提,人心相通。诗人和读者的心是相通的,他们都处于儒家仁学的理性设定之中,故能相互沟通。人心相通,人能感知,这为"以意逆志"提供了无限的可能性。

其二,"意"是指古人之意,"志"是指古人之志;"以意逆志"是以古人之意求取古人之志。持这种观点者以清代吴淇为代表。吴淇认为,以读者之意求取古人之志与理难通。因为读者不是古人,用读者的心意去解释古人必定有许多蒙蔽,不能接近古人的本原意图。因此,"以意逆志"的正确的理解方法应该是"以古人之意,求古人之志"。

表面上看,上述两种解释主要分歧在对"意"的理解上,

第十三章 知人论世与以意逆志

前一种观点认为"意"是读诗者之心意,后一种观点认为"意"是作者之意。其实,问题并不这么简单。它昭示着两种观念的立场和逻辑差异。今人多数赞同前一种解释,以为比较符合孟子的本原意图。如果联系孟子所处的时代学术文化发展以及孟子思想的实际,可以认为,将"以意逆志"之"意"界定为"读诗者之心意"似乎不符合孟子的本原意图。这是因为,孟子此论所批评的是断章取义的读诗方法。断章取义的最大弊端就是以一己之意图去理解诗,即所谓"以己之意,逆诗人之志"。它根本不顾及诗的本原意义和诗人的本原动机,仅从字面意义来对诗意做出判断。这是主观化的理解方法。这种方法存在很多不能自圆其说之处,最突出的表现是逻辑混乱。以读诗者的心意去求取诗人的心志,如何可能?读者之心意能够真正地与诗人之心志实现准确地衔接吗?或者说,读者之心意与作者之心志能实现真正的重合吗?人与人是不同的,此人如何想,彼人很难参透。要想实现人与人的心意的完全重合非常困难。因此,以读者之心意去求取诗人之心志是无法实现的理想,并不是孟子本人的意图。最为关键的是,孟子是强调知人论世的。他要求读古人之书,颂古人之诗,要了解古人所处的时代,要了解古人的性情。这是一个客观的前提。这一前提就决定他不可能要求读者从自己的心意出发去求取诗人之意,只能从作者出发,从作品中所表现的情意出发去求取作者的心意。由此可以做出这样的推断，"以意逆志"之"意"指诗中所表现之意，这也是作者之意。读诗者在充分掌握史料的基础上，运用知人论世的方法，借助于自己的想象、情感、知识等，从诗中表现的思想、情感逆推诗人的心志，这才是符合逻辑的、可能的。显然，"以意逆志"属于一种客观的接受方法。要想实现这一目标确实很不容易。虽然孟子强调"知人论世"，认为此人之心与彼人之心是可以相通的，是可以实现相互理解的，但是，这相通与理解也有一个限度，要做到完全相通、完全理解确实很难。实际上，"以意逆志"是孟子的审美接受理想。

因此，可以说，赵岐、朱熹等人的理解不符合孟子的本原意图，吴淇的理解符合孟子的意图，他是从"知人论世"的立场出发的。这不是抬高吴淇而贬损赵、朱，其实，赵岐、朱熹的解释虽然矛盾百出，但是，对孟子思想的发展还是有积极贡献的。如果从接受美学的立场来看赵、朱的理解，以读诗者之意去求取诗人志向是一种非常接近现代的解释，它与接受美学的观念非常吻合。这是因为，接受美学就是强调读者中心的。确实，对文学作品的解读是一个极其复杂的工作。它有一个客观的标准，这个标准就是作家的赋意，因为作品毕竟是作家创作出来的，作家的思想、情感赫然在场，这是不争的事实。但是，由于作品产生的动机非常隐蔽，非常复杂，在流传

第十三章 知人论世与以意逆志

的过程中丢失了许多信息，又生成了许多信息，想原原本本地还原作者的创作意图非常艰难。因此，理解"以意逆志"的思想，可以借鉴接受美学的观念和立场。如此一来，赵岐、朱熹的理解具有重要的参考价值。

然而，赵岐、朱熹对"以意逆志"的解释又不可能等同于接受美学，这是因为，他们的最终目的是求取诗人之志。这与接受美学所追求的个人理解是有根本差异的。赵岐、朱熹的观念虽然不可能像接受美学家那样深入细致而富有逻辑，但是，他们又确实明确意识到读者在阅读过程中的创造作用，是允许读者在阅读的过程中发挥自己的想象的，即运用自己的知识、情感和经验参与到作品的创造之中。只不过有点荒唐的是，他们又给这种创造设置了一个限定：要尊重作者的本原意图。这便陷入了一个巨大的矛盾之中，一方面允许读者发挥自己的创造，另一方面又要顾及作品的本原意义，使得"以读者之心意去求取诗人之心志"变得漏洞百出，语焉不详。可是，人们不能不承认"以读者之心意去求取诗人之心志"的理解贡献依然突出，这种理解将孟子"以意逆志"的思想高度推进了一步（虽然是对孟子的误解），同时，也将中国古典阐释学和接受美学向前推进了一大步。